Lena Johannson

*Der Sommer
auf Usedom*

atb aufbau taschenbuch

Lena Johannson, 1967 in Reinbeck bei Hamburg geboren, war Buchhändlerin, bevor sie freie Autorin wurde. Vor einiger Zeit erfüllte sie sich einen Traum und zog an die Ostsee.
Bei Rütten & Loening und im Aufbau Taschenbuch sind ihre Romane »Dünenmond«, »Rügensommer«, »Himmel über der Hallig«, »Die Inselbahn«, »Liebesquartett auf Usedom«, »Strandzauber«, »Sommernächte und Lavendelküsse«, »Die Bernsteinhexe« sowie die Kriminalromane »Große Fische« und »Mord auf dem Dornbusch« lieferbar.
Mehr Information zur Autorin unter www.lena-johannson.de.

Jasmin besucht ihre beste Freundin Gabi, die nach Usedom gezogen ist. Die beiden Frauen haben sich versprochen, sich mindestens einmal im Jahr zu sehen, außerdem ist Jasmin Malerin und plant einen Bilderzyklus, der die Sagen Usedoms zum Thema hat. Ihr erstes Ziel ist Lüttenort, wo sie das Atelier des Malers Otto Niemeyer-Holstein besichtigen will. Sie kommt gerade rechtzeitig, um noch an einer Führung teilzunehmen. In letzter Minute schließt sich ihnen ein Mann an, der offenbar auch allein ist.
Für den nächsten Tag plant sie nach Koserow zu fahren, wo Störtebeker mit seinen Männern ein Versteck gehabt haben soll. Zwar glaubt Jasmin nicht daran, Spuren der berühmten Freibeuter zu finden, trotzdem sucht sie nach einem Motiv, das etwas mit Piraten zu tun haben könnte. Sie findet nicht nur einen perfekten Platz, an dem sie malen kann, sondern trifft auch den geheimnisvollen Mann aus dem Atelier wieder. Ein interessanter Typ, findet sie. Fortan scheint sie der Fremde nicht mehr aus den Augen zu lassen. Ob in Peenemünde oder Bansin – immer ist er in ihrer Nähe. Dann erfährt Jasmin, dass ein Kunstdieb auf der Insel sein Unwesen treibt – und ihr kommt ein schrecklicher Verdacht.

Lena Johannson

Der Sommer auf Usedom

Roman

 aufbau taschenbuch

MIX
Papier aus verantwor-
tungsvollen Quellen
FSC® C083411

ISBN 978-3-7466-3366-4

Aufbau Taschenbuch ist eine Marke
der Aufbau Verlag GmbH & Co. KG

2. Auflage 2018
© Aufbau Verlag GmbH & Co. KG, Berlin 2018
Die Originalausgabe erschien 2013 bei Rütten & Loening,
einer Marke der Aufbau Verlag GmbH & Co. KG
Umschlaggestaltung www.buerosued.de, München
unter Verwendung eines Fotos
von © mauritius images / Sabine Lubenow / Alamy
Gesetzt aus der Minion Pro durch Greiner & Reichel, Köln
Druck und Binden CPI books GmbH, Leck, Germany
Printed in Germany

www.aufbau-verlag.de

Lüttenort

Als Jasmin an der schlanken Taille der Insel ankam, um die sie Usedom zutiefst beneidete, musste sie kräftig Luft holen vor Glück. Mann, war das schön! Sie hatte ihr Auto in Koserow abgestellt und war die Hauptstraße bis Damerow entlangspaziert. Das Forsthaus, ein prächtiger Gebäudekomplex, der fast vollständig mit Reet gedeckt war, hatte ihr so gut gefallen, dass sie am liebsten gleich eine Skizze davon angefertigt hätte. Doch dann hatte sie sich mit einem Foto begnügt, das ihr später einmal als Vorlage dienen konnte. Sie war schließlich nicht nach Usedom gekommen, um Architektur zu malen. Jasmin wollte an einem Bilderzyklus über die Sagen und Legenden, über die Sitten und Gebräuche der Insel arbeiten. Vor allem aber wollte sie Zeit mit ihrer besten Freundin Gabi verbringen, die vor drei Jahren hergezogen war. Sie hatten einander in die Hand versprochen, sich mindestens einmal jährlich zu sehen. Zwar konnte Gabi sich nicht die gesamten zwei Wochen freinehmen, aber sie würden schon genug Nachmittage und Abende haben. Jede gemeinsame Sekunde war kostbar, und sie hatten es schon immer verstanden, diese zu genießen.

Ihr Weg führte Jasmin am Achterwasser entlang. Die Sonne ließ den Ausläufer des Gewässers, der sich vom Peenestrom bis hier hinaufzog, glitzern und tauchte den Tag in eine perfekte Temperatur. Dreiundzwanzig Grad, dazu eine seichte Brise, die das Schilf leise knistern ließ. Mit einem breiten Grinsen im Gesicht, Ausdruck vollständiger Zufriedenheit, spazierte Jasmin dem Atelier des Malers Niemeyer-Holstein entgegen. Wo immer eine Reise sie hinführte, besuchte sie liebend gerne die Arbeitsstätten anderer Künstler. Vor allem, wenn diese so belassen worden waren, wie sie zu Lebzeiten des Künstlers ausgesehen hatten. Es gab wenig, was sie mehr inspirieren konnte. Zu sehen, wie die Glücklichen, die von ihrer Malerei hatten leben können, ihr Atelier gestaltet hatten, ihre Anwesenheit und unbändige Kreativität zu spüren, die durch ihren Tod keineswegs geringer zu werden schien, war für sie immer wieder ein beeindruckendes Erlebnis. Von Lüttenort und der Wirkungsstätte des berühmten Mannes, der von Kennern schlicht ONH genannt wurde, hatte sie schon viel gehört. Sie würde versuchen, möglichst viel darüber zu erfahren und dann ihre Eindrücke, ihre ganz eigene Geschichte über den preisgekrönten Küstenmaler auf Leinwand zu bannen.

Eine Möwe kreischte im Anflug auf den breiten Gürtel Rohrdickicht am Ufer und blieb, wie an unsichtbaren Fäden aufgehängt, über dem Achterwasser stehen. Dann drehte sie ab. Anscheinend war hier keine Beute zu machen.

Jasmin folgte dem gewundenen Steinweg, passierte ein blauweißes Boot und konnte endlich einen ersten Blick auf Atelier, Museum und Garten des Malers werfen. Sie seufzte wohlig. Schon jetzt spürte sie die Aura eines wahrhaft großen Künstlers. Jedenfalls war sie der festen Überzeugung, dass es das war, was sie spürte. Von weitem erkannte sie Skulpturen und einen Bogen, der womöglich aus alten Schiffsplanken oder gar Walknochen bestand. Im Hintergrund ein weißes, windschief aussehendes Haus. Am liebsten wäre sie sofort hineingestürmt, doch es blieb ihr nichts anderes übrig, als zunächst den gläsernen, für ihren Geschmack viel zu modernen Anbau rechter Hand zu betreten, um das Eintrittsgeld zu bezahlen. Unweit des Empfangstresens, an dem man eine Karte lösen konnte, stand eine Gruppe von Menschen, die auf etwas zu warten schien.

»Guten Tag, möchten Sie auch noch an der Führung teilnehmen?«

Jasmin zögerte einen Moment.

»Sie haben Glück. Es geht in zwei Minuten los, und es sind noch zwei Plätze frei.« Die Dame hinter dem Tresen, eine matronenhafte Person mit auberginefarbenem Haar und fröhlichen Augen, sah sie erwartungsvoll an.

»Gut, ja«, antwortete Jasmin zögerlich. Eigentlich entdeckte sie Orte wie diesen lieber auf eigene Faust.

»Sehr gerne!« Die Matrone mit dem violett schimmernden Haar ließ ihr keine Chance, es sich anders zu überlegen, nannte ihr den Preis und schob ihr bereits eine Karte auf dem Tisch herüber.

Also schön, schloss sie sich eben erst einer Gruppe an und sah sich anschließend noch alleine um. Jasmin war wild entschlossen, sich ihre gute Laune nicht verderben zu lassen. Sie nahm ihr Ticket entgegen. In dem Moment flog die Tür zu dem Wintergarten, dem Eingangsbereich der Ausstellungshalle, auf, und ein Mann stolperte im wahrsten Sinne des Wortes herein. Er war an dem Fußabtreter hängengeblieben.

»Hoppla«, sagte die Tresen-Matrone.

»Guten Tag«, antwortete er, als sei »Hoppla« eine gängige Begrüßungsformel.

»Möchten Sie auch noch an der Führung teilnehmen?«

»Ja, gerne, deswegen habe ich mich so beeilt.« Jasmin beobachtete, wie der Mann sich verstohlen Schweiß von der Stirn und seiner Oberlippe tupfte.

»Sie haben Glück. Es geht in einer Minute los, und es ist gerade noch ein Platz frei.«

Kaum hatte er seine Eintrittskarte bezahlt und entgegengenommen, wurde die Tür erneut geöffnet und lenkte alle Aufmerksamkeit der Wartenden auf die eintretende Person. Es handelte sich um eine kleine, sehr schlanke Frau. Sie trug ein weißes schwingendes Sommerkleid mit hellblauem Gürtel, dazu hellblaue Ballerinas und hatte schwarzes Haar. Wäre es goldblond gewesen, hätte Prinz Eisenherz diese Frisur tragen können. Der Pony war sorgsam zu einer Rolle nach innen geföhnt, ebenso die etwa kinnlangen Seitenpartien. Sie sah aus wie Schneewittchen, ging es Jasmin durch den Kopf. Schneewittchen stellte sich als Museumspädagogin vor, die nun die Führung durch das Haus von Niemeyer-Holstein leiten würde. Sie habe in Berlin Museumskunde studiert, sprudelte sie los. Im Brüder-Grimm-Haus in Steinau an der Straße habe sie schon gearbeitet und Erfahrungen im Chopin-Museum in Warschau gesammelt, worauf sie besonders stolz zu sein schien.

»Sie sehen, ich bin nicht auf Maler festgelegt«, verkündete sie und lachte melodisch. Jasmin hoffte, dass sie auch über ONH so viel würde erzählen können.

»Wir beginnen draußen«, sagte Schneewittchen und verließ auch schon den Wintergarten. In dem kleinen Park zwischen den Kunstwerken, die Freunde dem Maler geschenkt oder gegen Bilder getauscht hatten, begann sie mit ihrem Vortrag. Jasmin ließ sich von einem Eichhörnchen ablenken, das an den Zweigen eines Baumes turnte wie ein Artist, schließlich von einem Ast zum nächsten hüpfte und sich über den flachen Teil des Hausdaches davonmachte.

»Niemeyer-Holstein hat also nicht gleich ein Haus gebaut, sondern sich zunächst in einem S-Bahn-Wagen eingerichtet«, hörte sie Schneewittchen sagen und konzentrierte sich wieder auf die Führung, was ihr an diesem herrlich-sonnigen Junitag furchtbar schwerfiel. Außerdem gab es so viel zu sehen. Etwa die kleine Skulptur eines Reiters oder die eines nackten Mannes, vermutlich ein Diskuswerfer, dessen rechtes Bein von dem kräftigen Trieb eines Strauches mehrmals umschlungen war, als wolle die Pflanze den Sportler daran hindern, jemals aus ihrer Nähe zu verschwinden. Diesen S-Bahn-Wagen, den der Künstler 1932 für etwas über sechzig Mark gekauft und auf abenteuerliche Weise – das gute Stück hatte nämlich keine Räder mehr – hierhergeschafft hatte, gebe es noch, und man werde ihn auch betreten, drang die melodische Stimme der Museumspädagogin in Jasmins Bewusstsein.

»Sie können sich vorstellen, dass es etwas eng ist. Ich bitte

Sie darum, gut darauf zu achten, wohin Sie treten. Und bitte nehmen Sie Rücksicht auf die anderen Teilnehmer der Besichtigung.« Wie viele Male mochte die Frau diesen Satz gesagt haben? Und wie recht sie damit hatte! Eng war eine glatte Untertreibung. Der ausrangierte Wagen mit seinem gewölbten Dach und den Schiebetüren war im Laufe der Jahre umbaut worden und bildete so den Mittelpunkt des Hauses. Jasmin war vollkommen fasziniert von den Gegensätzen, die hier zu ahnen waren. Im Winter mochte es nahezu unmöglich sein, dieses ungewöhnliche Gebäude warm zu kriegen. Die Küche war so winzig und spärlich eingerichtet, dass schon die Vorstellung, hier ein Mittagessen zuzubereiten, ihr Respekt vor der Dame des Hauses einflößte. Gleichzeitig wirkte alles so luftig und beinahe mediterran. Von dem Waggon ging es in eine Art Innenhof, in dem ein alter Olivenbaum seine knorrigen Äste mit den silbrigen Blättern von sich streckte. Wie schön musste es sein, an einem milden Tag wie diesem hier zu sitzen, ohne die Menschen natürlich, sondern ganz allein mit einer Staffelei und einer Farbpalette. Jasmin seufzte. Ja, an einem solchen Ort konnte man sich wahrhaft entfalten und sein ganzes kreatives Potential ausschöpfen. Sie sah sich selbst dort hocken und malen und die Zeit darüber so sehr vergessen, dass sie nicht einmal Lust auf Kuchen bekäme. Leider sah die Realität anders aus. Wenn sie nicht im Urlaub war, verbrachte sie ihre Tage streng nach der Uhr und hinter dem Schreibtisch in einer Steuerkanzlei. Und sie hatte jeden Tag Appetit auf Kuchen oder Torte. Sie schob den Gedanken beiseite. Jetzt war Urlaub, jetzt durfte sie ganz sie selbst sein. Verstohlen beobachtete sie den Mann, der als letzter Teilnehmer dieser Führung in den Wintergarten gestolpert war. Er sah gar nicht übel aus. Lachfältchen um den Mund und die braunen Augen, kurzes mittelbraunes Haar, das er mit etwas Gel aus der Stirn himmelwärts gezwungen hatte. Gerade so viel, um jung und frech auszusehen und noch nicht albern. Er trug eine ausgeblichene Jeans und ein T-Shirt und mochte etwa in ihrem Alter sein, also Anfang dreißig. Es war nicht zu übersehen, dass er Sport nicht nur im Fernsehen sah. Jasmin hörte Schneewittchen längst nicht mehr zu, sondern ärgerte sich darüber, dass sie Monat für Monat eine nicht unerhebliche Summe für ein Fitnessstudio ausgab, das sie zuletzt vor ungefähr neun Wochen von innen gesehen hatte. So würde sie nie die überflüssigen Pfunde loswerden, die aus ihr eine gedrungene kleine Kugel machten. Jedenfalls sah sie sich so. Gabi explodierte regelmäßig, wenn sie auf dieses Thema zu sprechen kamen.

»Du bist vielleicht einen Tick zu klein für dein Gewicht«, pflegte sie zu sagen. »Aber du bist ganz bestimmt nicht fett!«

Der Spätankömmling drückte sich ständig hinter der Gruppe herum. Wie in der Schule, wo immer alle in der letzten Reihe sitzen wollten. Auch jetzt wieder. Er stand eingezwängt zwischen einem Kaminofen und einem Möbel aus dunklem Holz in der Döns, dem Herzen des merkwürdigen Bauwerks. Hinter ihm an der mit Delfter Kacheln verkleideten Wand hatte Jasmin eben noch eine kleine Pendeluhr gesehen. Sie konnte nicht aufhören, zu ihm hinüberzustarren, weil sie befürchtete, im nächsten Moment würde er die Uhr mit dem Rücken vom Nagel drücken, und ihr letztes Stündchen hätte geschlagen.

»Und nun zum krönenden Abschluss gehen wir hinüber in das Atelier«, verkündete Schneewittchen mit Begeisterung. »Niemeyer-Holstein hat es ›Tabu‹ genannt, was nicht bedeutet, dass er dort niemanden empfangen wollte. Ganz und gar nicht.« Sie zählte seine Malerfreunde auf, die durchaus alle Zutritt hatten. »Für ihn war das Erschaffen von Bildern seine Arbeit, die er überaus ernst nahm. Mehr Inhalt, weniger Kunst, wie Shakespeare die Königin in Hamlet sagen lässt.« Schneewittchen lächelte zufrieden, hatte sie doch einmal mehr ihr Wissen außerhalb der Malerei bewiesen. Jasmin mochte das Zitat, fragte sich allerdings, ob es an dieser Stelle passte.

Doch schon sprach Schneewittchen weiter: »Und er argumentierte, dass er es einfach nicht ausstehen könne, wenn seine Ehefrau, die er Stüermann nannte, ihn wegen einer Nichtigkeit in seiner Konzentration unterbrach. Er pflegte zu sagen, dass auch niemand auf die Idee käme, die Tür zu einem Operationssaal einfach aufzureißen, um den Chirurgen zu fragen, was er am Abend gerne essen würde.« Sie zwinkerte und ging voraus in Richtung des Ateliers mit dem abweisenden Namen. Wie recht dieser Mann gehabt hatte, ging es Jasmin durch den Kopf. Ein letztes Mal sah sie sich in der Döns um, in der der Künstler so manchen gemütlichen Abend mit Stüermann und zahlreiche Begegnungen mit anderen Künstlern erlebt hatte. Dabei fiel ihr auf, dass der Spätankömmling wiederum wartete, um zum Schluss den Raum verlassen zu können. Ein sonderbarer Mensch.

Im Atelier angekommen, nahm Jasmin einen tiefen Atemzug, als könne sie dadurch die Atmosphäre und den Anblick aufsaugen, der sich ihr und den anderen bot. Überall Gemälde in dicken alten Rahmen, große und kleine. Was noch viel schöner war: Staffelei, Farbpalette, verbeulte Dosen mit gebrauchten Pinseln darin, ein Kaffeebecher, ja selbst Pantoffeln neben einem Stuhl erweckten tatsächlich den Eindruck, dass »der Alte« jeden Augenblick an seine Arbeit zurückkehren würde. Wunderbar! Jasmins Augen glitten über jedes winzige Detail. Da riss ein Poltern sie aus der geradezu magischen Stimmung. Der Spätankömmling war über einen Läufer gestolpert, hatte beinahe einen Vorhang mitgerissen, der neben der schmalen Eingangstür hing und ein Regal verdeckte, und ruderte nun hilflos mit den Armen, um nicht der Länge nach hinzuschlagen. Wenn es an diesem Ort nicht so gänzlich unpassend gewesen wäre, hätte Jasmin die Anwesenden gern gebeten, ihren Tipp abzugeben, ob dieser ungeschickte Kerl, der seine Füße anscheinend nicht unter Kontrolle hatte, auf selbigen bleiben oder tatsächlich stürzen würde. Entsetzt beobachtete sie, wie er gegen ein an der Wand hängendes Bord taumelte, das sich kurz vor und wieder zurück bewegte, woraufhin eine Miniatur, die darin gestanden hatte, ins Wanken geriet. Aus dem Augenwinkel erkannte er die Gefahr, riss seinen Oberkörper herum und fing das kleine Gemälde auf, bevor es zu Boden gehen konnte. Er bezahlte seine, für Jasmin völlig überraschende, Aufmerksamkeit und Reaktionsschnellig-

11

keit mit einem Stoß seines Knies gegen die Kante eines Sessels, der ziemlich schmerzhaft gewesen sein dürfte.

»Entschuldigung«, stammelte er und stellte die Miniatur zurück an ihren Platz.

»Guckt der denn nicht, wohin er tritt?«, fragte eine kleine dralle Frau mit grauem streichholzkurzem Haar und einer runden Brille auf der Nase und schüttelte missbilligend den Kopf.

Jasmin musste schmunzeln. Natürlich musste sie der Grauhaarigen recht geben, aber irgendwie hatte der Tollpatsch etwas Sympathisches an sich. Außerdem war doch nichts passiert, und man musste zugeben, dass es bei ONH ziemlich eng war.

Drei Stunden später saß Jasmin vor einem Stück Apfelstrudel mit Vanille-Eis im Forsthaus und zeichnete mit dem Bleistift eine Skizze in ihr eigens dafür angelegtes Buch. Am Abend würde Gabi kochen, sie würden Wein trinken und vermutlich ein Dessert verspeisen oder zu später Stunde Käse und Oliven knabbern. Eigentlich hatte sie sich deshalb vorgenommen, tagsüber nichts zu essen. Andererseits bewegte sie sich hier auf der Insel viel mehr als in ihrer Steuerkanzlei, und schließlich hatte sie doch Urlaub. Wer mochte sich da schon kasteien? Wenn sie wieder zu Hause war, würde sie regelmäßig ins Fitnessstudio gehen, das nahm sie sich ganz fest vor und schob sich sehr zufrieden ein Stück Strudel mit Eis in den Mund.

Gabi wohnte in der sogenannten Usedomer Schweiz, dem Achterland am Südufer des Schmollensees. Hier gab es eine Holländerwindmühle, eine Kirche aus dem 13. Jahrhundert, sanfte Hügel und viel Wald. Ideal, um durch die Landschaft zu laufen. Nachdem Jasmin am Vorabend von ihrem ersten Ausflug zurückgekehrt war, hatte ihre Freundin Steak in Gorgonzolasoße aufgetischt, dazu Kroketten. Zum Nachtisch hatte es erst einen Eisbecher mit Eierlikör und später Käse gegeben. Es war also noch schlimmer gekommen, als Jasmin geahnt hatte.

»Bitte, Gabi, es war köstlich, aber du darfst mich auf keinen

Fall zwei Wochen lang so mästen. Ich habe jetzt schon zu viel auf den Rippen, und ich bin nicht scharf darauf, dass noch drei oder vier Kilo dazukommen.«

»Also ehrlich«, hatte Gabi protestiert, »du hast wirklich Wahrnehmungsstörungen. Okay, vielleicht bist du für dein Gewicht etwas zu ...«

»Klein«, fiel Jasmin ihr ins Wort. »Ich weiß. Dummerweise wachse ich auch nicht mehr.«

»Dann musst du eben an der anderen Stellschraube drehen, wenn du unbedingt etwas ändern möchtest, was du nicht wirklich müsstest, wenn du meine Meinung hören willst.«

»Will ich nicht.« Sie zog eine Grimasse.

»Dachte ich mir«, antwortete Gabi unbeeindruckt. »Geh joggen oder schwimmen oder fahr Rad! Mach, was du willst, nur geh mir bloß nicht mit deinen dauernden eingebildeten Figurproblemen auf die Nerven und werde vor allem nicht eine dieser unleidlichen Tanten, die mit verkniffenem Gesicht ein Salatblatt mümmeln und permanent schlechte Laune verbreiten.«

Jasmin hatte sich mehr schlecht als recht verteidigt und dann beschlossen, dass der Urlaub tatsächlich eine gute Gelegenheit war, sich mal wieder sportlich zu betätigen. Es gab Wander- und Fahrradwege, auf denen sie schon am Morgen eine Runde drehen konnte. Und genau das tat sie am zweiten Tag ihres Aufenthalts auf Usedom gleich nach dem Aufstehen.

Es würde ein warmer Tag werden, aber noch war es nicht zu heiß. Sie hatte sich von Gabi Stöcke geliehen, die für sie ein wenig zu lang waren, aber besser als nichts. Nordic Walking war für Untrainierte nun einmal erheblich günstiger als die Gelenke mit Jogging zu malträtieren. Man sah zugegebenermaßen ein wenig eigentümlich aus, aber sie war schließlich nicht auf dem Laufsteg, sondern auf einem Wanderweg, der sie jetzt in einen dichten Wald mit Erlen, Birken und Eichen führte. Sie hätte nicht erwartet, dass das üppige Laub so viel Sonnenlicht schluckte. Richtig düster wirkte der Pfad. Jasmin wurde sich mit einem Mal bewusst, dass sie ganz allein in einem Gebiet unterwegs war, in dem sie sich nicht gerade besonders gut auskannte. Am besten begnügte sie sich für den Anfang mit einer kleinen Runde. Jeden Tag konnte sie ein Stückchen weiter laufen, wenn sie erst eine brauchbare Karte der Gegend in ihrem Kopf gespeichert hatte. Kraftvoll schlug sie die Spitzen der Stöcke abwechselnd in den weichen Waldboden und lief mit großen Schritten voran. Plötzlich hörte sie ein Piepen irgendwo links des Weges, als hätte jemand sein Mobiltelefon eingeschaltet. Sie blickte zwischen Bäumen und Sträuchern hindurch. Blätter, die im vergangenen Herbst hinabgesegelt waren, lagen noch immer braun und vertrocknet wie Pergament herum und knisterten unter jedem ihrer Schritte. Da, wieder dieses Geräusch wie von einem Handy. Und dann gleich noch mal. Es klang doch eher nach einem Quietschen als einem Piepen. Wahrscheinlich nur ein Zweig, der sich vom Wind bewegt an einem Stamm rieb, sagte sie sich. Sie musste über sich selber schmunzeln. Schon immer hatte sie ein eher ängstliches Naturell gehabt. Doch hier in dieser idyllischen Gegend mitten im Naturpark waren nur Hundehalter oder harmlose Wanderer unterwegs. Es gab nun wirklich keinen Grund, eine Gänsehaut zu bekommen. Aber was war das? Ein kräftiges Schnauben, ganz eindeutig und nicht weit von ihr entfernt im Dickicht. Nicht wie von einem Stier, was sie auch nicht gerade beruhigt hätte, sondern ziemlich menschlich und an einen fiesen Schnupfen erinnernd. Sie hatte noch nie davon gehört, dass sich Rehe oder Wildschweine die Nase putzten. Instinktiv beschleunigte sie ihren Schritt. Jetzt wurde ihr doch mulmig, und das Schmunzeln verging ihr. Hatte es da nicht eben hinter ihr geknistert? Sie drehte sich um, doch da war nichts außer Bäumen und Sonnenstrahlen, die es hier und da zwischen den Ästen mit ihrem dichten Laub bis hinunter auf den Boden schafften. Wie gehetzt eilte sie durch den Wald über Wurzeln und Grasbüschel hinweg. Ihr fielen zwei kleine abgebrochene Zweige auf, die über Kreuz mitten auf dem Weg lagen. Ein geheimes Zeichen? Wieder blickte sie sich um. Sie spürte, wie sich die kleinen Härchen an ihrem Nacken aufrichteten. War nicht eben jemand zwischen den Bäumen verschwunden, als sie sich umgesehen hatte? Die Luft wurde ihr knapp, es begann in ihren Ohren zu rauschen. Hättest du dein Konditionstraining nur wichtiger genommen als Kino, Shoppen oder Treffen mit Bekannten, beschimpfte sie sich in Gedanken. Dann würde sie jetzt leichtfüßig dem Bösewicht entkommen, der hier ganz offensichtlich im Wald lauerte.

Schweißgebadet erreichte sie endlich das Haus ihrer Freundin. Die sah von ihrer Arbeit auf, als Jasmin keuchend die Loggia betrat, einen ehemaligen Freisitz, den der Vorbesitzer des Hauses mit Glas hatte schließen und zu einem voll nutzbaren Wohnraum umbauen lassen. Darin stand Gabis riesiger Zeichentisch, denn noch immer arbeitete die Architektin gern mit Papier und Bleistift. Der Teekessel pfiff, und die Uhr in der Diele stimmte mit ihrem tiefen Gong in das bescheidene Hauskonzert ein.

»Wie siehst du denn aus? Kann es sein, dass du es gleich bei deinem ersten Lauf ziemlich übertrieben hast?«

»Es war schrecklich!«, brachte Jasmin zwischen flachen, schnellen Atemzügen hervor. »Was du auf meiner Stirn siehst, ist der pure Angstschweiß.«

»Wie bitte? Ist etwa jemand hinter dir her gewesen?« Gabi sah sie über die Ränder ihrer halbrunden Brillengläser an und konnte sich ein Grinsen nicht verkneifen.

»Genauso war es. Glaube ich zumindest. Auf jeden Fall hat sich im Wald jemand herumgetrieben.«

»Das tun viele Menschen bei so schönem Wetter.« Gabi seufzte. »Sie gehen mit ihrem Hund spazieren oder treiben Sport, so wie du.«

»Nein, Gabi, der Kerl ist nicht spazieren gegangen. Der hat sich versteckt. Er hat gut aufgepasst, dass ich ihn nicht zu Gesicht kriege.« Sie wischte sich den Schweiß von der Oberlippe und musste an den Mann im Niemeyer-Holstein-Museum denken, der hereingestolpert war.

»Du hast ihn also nicht gesehen?«

»Nein, sag ich doch.«

»Und wieso weißt du, dass es ein Kerl war?« Gabi runzelte die Stirn.

»Eine Frau drückt sich doch wohl kaum im Unterholz herum«, gab sie aufgebracht zurück. »Ich kann dir sagen, ich bin um mein Leben gerannt.«

»Mit den Stöcken?«

»Die habe ich unter die Arme geklemmt.«

Jetzt musste Gabi lachen. Sie legte ihre Brille auf die Pläne, an denen sie gerade gearbeitet hatte. »Das hätte ich gerne gesehen!« Die Vorstellung schien sie sehr zu amüsieren. »Ich gieße uns mal einen Tee auf. Ich habe da eine Mischung aus Baldrian, Passionsblume und Melisse. Das ist jetzt genau das Richtige für dich.«

»Du hältst mich für überdreht, aber ich schwöre dir, auf eurer angeblich so friedlichen Insel treibt jemand sein Unwesen.«

»Da könntest du recht haben«, rief Gabi aus der Küche. »In der Zeitung steht heute, dass der Kunstdieb schon wieder zugeschlagen hat, der Galeristen und private Sammler seit Wochen in Angst und Schrecken versetzt.«

Jasmin hörte ihr nicht zu. »Das war's«, murmelte sie vor sich hin. »Schluss mit der Lauferei durch den Wald. Lieber bin ich rund wie ein Goldhamster als mausetot!«

Gabi kam zurück. »Vorschlag: Du gehst erst mal duschen, dann trinkst du einen Tee, und danach ist es Zeit für meine Mittagspause. Was hältst du davon, wenn wir nach Heringsdorf fahren?«

Zwei Stunden später saßen die beiden Frauen in einem Lokal des beliebten Ferienorts, von dem sie einen schönen Blick auf die Seebrücke hatten. Der Strand war voller Menschen, die Ball spielten, mit ihren Kindern im Sand buddelten oder einfach nur in der Sonne lagen. Im Wasser war noch nicht viel los, die Ostsee war im Juni noch ziemlich frisch.

»Ich nehme nur ein Glas Wasser«, verkündete Jasmin und erntete einen erschöpften Blick ihrer Freundin. »Na schön, vielleicht esse ich doch einen kleinen Salat dazu.« Sie wandte sich an die Kellnerin. »Den mit Thunfisch und dreierlei Käse, bitte.« Den Schreck des Vormittags hatte sie vergessen und strahlte ihre beste Freundin überglücklich an. »Ich freue mich so, dass ich hier bin!«

»Ich freue mich auch.«

Sie schwiegen und hingen eine Weile ihren Gedanken nach.

Dann fasste Jasmin sich ein Herz. »Nun erzähl mal, wie hast du dich auf der Insel eingelebt?«, fragte sie, obwohl Gabi bereits seit drei Jahren hier wohnte und sie am Telefon und bei ihren früheren Treffen schon viel über die Umstellung, von Berlin nach Usedom zu ziehen, gesprochen hatten. Was sie wirklich wissen wollte, war, wie es Gabi seit dem Tod ihres Mannes ging. Die beiden waren für Jasmin ein Bilderbuch-Paar gewesen. Gabi hatte sich Thorsten mit vierzehn Jahren in den Kopf gesetzt und zehn Jahre später geheiratet. Sie hatten beide Architektur studiert, hatten dieselben Dinge geliebt und dieselben nicht leiden können. Als Thorsten vor etwas über vier Jahren plötzlich schwer krank wurde und dann so schnell starb, dass die beiden nicht einmal die Chance hatten, sich diesem Schicksal einigermaßen gefasst zu stellen, war auch Gabis Leben beendet gewesen. Jedenfalls ihr altes vertrautes Leben, das genauso war, wie sie es haben wollte. Sie musste ein neues beginnen, so viel stand fest. Darum der Ortswechsel, der Umzug auf die Insel.

»Toll! Stell dir vor, ich habe ein schönes altes Haus in toller Lage gefunden. Die Nachbarn sind nett, und ich habe herausgekriegt, dass Usedom kulturell einiges zu bieten hat. Gut, es ist nicht Berlin, aber nicht so übel, wie man denken könnte.«

»Sehr witzig, das weiß ich doch längst.«

»Warum fragst du dann?« Gabi schob sich die Brille mit den halbrunden Gläsern ins kurze volle Haar, das vor vier Jahren noch kastanienbraun gewesen war. Jetzt überwog der Grau-Anteil deutlich, obwohl sie nur zehn Jahre älter als Jasmin war.

»Ich meine, hast du jemanden kennengelernt?«

»Ich lerne laufend Leute kennen. Ich bin Architektin.«

»Du weißt schon, Männer …«

Da waren sie also wieder an ihrem wunden Punkt angekommen. Nicht, dass sie darüber jemals gestritten hätten, aber es war so ein Thema, wie es wohl in jeder Freundschaft vorkam. Der eine wollte es immer wieder ansprechen, wenn er auch nie so recht wusste, wie am besten. Der andere wollte es am liebsten für immer auf sich beruhen lassen. Jasmin war der Ansicht, dass Gabi mit ihren Anfang vierzig noch zu jung war, um den Rest ihres Lebens allein zu verbringen. Sie sah durchaus ein, dass es Zeit brauchte, den Verlust zu verarbeiten und für einen neuen Partner bereit zu sein, doch meinte sie, irgendwann sollte dieser Punkt erreicht sein. Also fragte sie jedes Mal beharrlich nach, wenn sie auch wusste, dass Gabi dieses Thema nicht leiden konnte. Die war nämlich davon überzeugt, dass sie und Thorsten nach ihrem Tod wieder zusammen sein würden. Da war es doch schier undenkbar, zwischenzeitlich einen anderen zu haben! Es wäre ja mehr als blöd, wenn die beiden Männer irgendwann einmal aufeinandertreffen und beide Besitzansprüche stellen würden. Da wäre gleich dicke Luft im Himmel. Nein, Gabi sah diese Sache völlig pragmatisch. Romantik war noch nie ihre Sache gewesen, obwohl Jasmin fand, die Liebesgeschichte zwischen Gabi und Thorsten war die romantischste gewesen, die sie kannte.

Die Kellnerin brachte das Essen.

»Genau im richtigen Moment«, stellte Gabi fest und warf Jasmin einen Blick zu, der zu sagen schien: Themawechsel, und zwar sofort!

Also beließ Jasmin es dabei. Sie tauschten ein paar Belanglosigkeiten aus und aßen ein paar Minuten schweigend. Dann forderte Gabi sie auf, genauer von ihrem Projekt zu erzählen.

»Du willst Sitten und Gebräuche malen? Habe ich das richtig verstanden?«

»So ungefähr, ja.«

»Wie passt ONH da hinein?«

»Gar nicht«, gab sie zu und lachte. »Du weißt doch, wie gerne ich Ateliers besichtige. Das war nur für mich sozusagen. Aber wer weiß, vielleicht erweitere ich meinen Bilderzyklus um berühmte Persönlichkeiten der Insel.«

»Klingt nicht schlecht. Und nächstes Jahr kommst du wieder und stellst hier aus. Ich könnte mir vorstellen, dass die Urlauber reges Interesse hätten.«

»Die Einheimischen nicht?«

Gabi wiegte nachdenklich den Kopf. »Doch, einige bestimmt. Aber es ist so eine Sache mit Projekten, die jemand vom Festland über Usedom macht. Das wird von vielen kritisch gesehen.« Sie nahm einen Schluck Sanddornschorle. »Außerdem ist es für sie nichts Besonderes. Ständig entstehen neue Kunstwerke, die im Zusammenhang mit ihrer Insel stehen. Das gucken sie sich nicht alles an.« Sie zuckte die Schultern.

»Morgen will ich mich auf Störtebekers Spuren heften«, verriet Jasmin.

»Ach du meine Güte«, sagte Gabi seufzend. »Du glaubst doch nicht etwa, du findest den berühmten Schatz, der in geheimen Gängen nahe der Störtebeker-Kuhle vergraben sein soll?«

»Quatsch«, gab sie ein wenig gekränkt zurück. »Ich bin Künstlerin, ich suche Motive und keine verbuddelten Schätze.«

»Auch damit wirst du nicht viel Glück haben, fürchte ich. Es sei denn, du kannst einem Stück Brachland zwischen Landesstraße und Hotelklötzen eine besondere Ästhetik abgewinnen.« Gabi rollte mit den Augen. »Aber guck es dir ruhig an. Ist ja nicht weit von hier. Du kannst einen schönen Spaziergang über die Strandpromenade machen und musst irgendwann rechts abbiegen. Ich glaube in den Neuen Weg oder Eichenweg. Ich weiß nicht genau.«

»Ich habe schon gelesen, dass es da nur noch ein kleines Wäldchen und ein paar Garagen gibt. Deshalb interessiert mich auch viel mehr der Streckelsberg.« Sie hatte sich gut vorbereitet.

Gabi beeindruckte das wenig. »Da gibt's auch nur einen Haufen Bäume«, meinte sie gelangweilt. Dann überlegte sie es sich anscheinend anders. »Nein, stimmt nicht. Es gibt auch noch den Blick runter auf den Strand und die Seebrücke von Koserow. Das ist wirklich schön. Und auch der Wanderweg hinauf von Koserow aus lohnt sich.« Sie dachte nach. »Ein bisschen steil vielleicht, aber es ist der direkte Weg.« Sie wischte sich den Mund ab und legte ihre Serviette auf den Teller. »Ja, das solltest du wirklich machen. Wird bestimmt ein schöner Ausflug. Wenn du Glück hast, kannst du im Westen Mönchgut und im Osten den Leuchtturm von Swinemünde sehen.«

»Wirklich, so weit kann man gucken?«

»Bei guter Sicht schon.«

Störtebeker

Es war so schön, wie Gabi es versprochen hatte. Jasmin hatte sich viel Zeit für den steilen Aufstieg auf den Streckselsberg gelassen. Immerhin war die gesamte Gegend der Sage nach das Revier des berühmten Freibeuters gewesen. Vielleicht sah die Rinde eines Baumes am Wegesrand aus wie ein Totenkopf. Oder sie entdeckte eine kleine Wasserstelle, die glitzerte wie ein Edelsteinschatz. Irgendetwas ließe sich schon finden, das, auf Leinwand gebannt, eine Piratengeschichte erzählen würde, dessen war sie ganz sicher. Eigentlich hatte sie mit dem Rad fahren wollen, wie Gabi es ihr vorgeschlagen hatte, doch mit der Staffelei war das ziemlich unpraktisch. Und sie hatte sich nun einmal entschieden, sie dieses Mal mitzunehmen, um an Ort und Stelle malen zu können. So musste sich der alte Otto gefühlt haben, dachte sie, der jeden Tag von Lüttenort an den Strand oder zum Ufer des Achterwassers gezogen war. Allerdings dürfte er weniger geschwitzt und geschnauft haben, denn er hatte es nicht mit einer der höchsten Erhebungen der Insel zu tun gehabt. Sie versuchte sich zu erinnern, wie hoch dieser Hügel war. Sechzig Meter? Nein, unmöglich, wohl eher hundertsechzig Meter, das erschien ihr realistischer. Oder sogar sechshundert? Ausgerechnet heute brannte die Sonne schon am Vormittag mit ganzer Kraft. Jasmin erreichte den Aussichtspunkt, stellte ihre Staffelei in den Sand und stützte sich mit den Unterarmen darauf, als lehnte sie am Sonntagmorgen im Fensterrahmen ihrer Küche, um mit der

Nachbarin, die ihren Hund ausführte, ein paar Worte zu wechseln. Der Ausblick war traumhaft. Nicht zu vergleichen mit dem aus ihrer Küche auf den Berliner Bürgersteig. Wenn sie das Blau der Ostsee, den hellen Cremeton des Strandes und das Grün der dicht wachsenden Kiefern und Sanddornbüsche so auf Papier bringen würde, müsste man das fertige Bild zwangsläufig für unnatürlich bunt halten. Nur waren die Farben eben genau so, kräftig und leuchtend. Zusätzliche Akzente kamen durch blaue und rote, grüne und gelbe Strandmuscheln und Sonnenschirme ins Spiel.

Ein gutes Stück weiter machte Jasmin mehrere Reihen hellblauer Strandkörbe aus. Sie schob ihre Sonnenbrille ein Stückchen herunter, um über den Rand hinweg prüfen zu können, ob die Farbenpracht echt oder ihr doch nur von den rötlich getönten Gläsern vorgegaukelt worden war. Im gleißenden Licht der Sonne leuchtete sie sogar noch intensiver. Jasmin schob die Brille wieder hoch und stand noch eine Weile da, das Bild still in sich aufsaugend. Dann suchte sie einen Platz, der nicht von Urlauberscharen bevölkert wurde. Nun gut, hier oben waren an diesem sehr warmen Tag nicht viele Menschen unterwegs. Die meisten tummelten sich unten am Saum der Ostsee. Trotzdem hielt Jasmin nach einem besonders verschwiegenen Plätzchen Ausschau.

Sie fand es, den Zugang verborgen zwischen Hecken und niedrigem Gesträuch. Der Sand hier oben war fein und hell wie unten am Strand. Ein fröhlicher Wind wehte und trug immer wieder einige Körnchen fort von dem Hügel zum Meer hinab. Jasmin überlegte kurz, ob sie versuchen sollte, die Böen für sich arbeiten zu lassen, indem sie ihre Staffelei so aufstellte, dass der Wind den Sand auf die frische Farbe wehen und auf diese Weise nicht gekannte Effekte auf ihr Bild zaubern konnte. Doch sie verwarf den Gedanken wieder. Sie nahm ihre Flasche Wasser aus ihrem Rucksack und trank einen kräftigen Schluck. Dann sah sie sich voller Tatendrang um. Ein Platz für das hölzerne Gestell, das ihren bespannten Keilrahmen tragen würde, war schnell gefunden. Der Boden war weich. Sie überprüfte den festen Stand der Staffelei und war zufrieden. Solange kein allzu kräftiges Lüftchen wehte, würde schon nichts passieren. Ihren Rucksack lehnte sie ein Stück weiter an einen Baumstumpf. Sie holte die auf Holz gezogene Leinwand und einen weichen Bleistift hervor. Das Motiv war ideal, fand sie. Die Wurzel eines Baumes, den man vor Jahren abgesägt hatte, stand wie ein hochbeiniges Insekt vor ihr, dahinter das Meer mit einem knallblauen Himmel darüber. Durch das Fortwehen des Sandes war die Wurzel Stück für Stück freigelegt worden. Selbst kleine Verzweigungen, die einmal tief in der Erde gesteckt und die gewiss mächtige Pflanze mit Nährstoffen und Feuchtigkeit versorgt hatten, hingen nun frei in der Luft. Irgendwann einmal würde dieses knorrige Überbleibsel eines Baumes den Halt verlieren, zur Seite kippen, womöglich das Kliff hinunterstürzen. Jasmin würde das Bild *Eingang zur Räuberhöhle* nennen oder *Schatzkarte*. Sie brachte sich in Position, setzte die graue Mine auf die weiße Leinwand. Der Anfang war immer das Schwerste, fand sie. Ihre Augen wanderten im schnellen Wechsel von der Wurzel mit ihrer farbigen Welt um sich herum zu der leeren Fläche und wieder zurück. Gerade als sie zum ersten Schwung ansetzte, hörte sie ein lautes Rascheln und Knacken. Sie erschrak so sehr, dass ihre Hand ausrutschte und einen hässlichen dunklen Strich diagonal über die Leinwand zog.

Im nächsten Augenblick kam ein Mann aus dem Gesträuch, stolperte über den Baumstumpf, fing sich wieder, blieb aber mit dem Fuß an ihrem Rucksack hängen. Der fiel zur Seite, während der Unglücksrabe mit einem geschmeidigen Sprung gerade noch verhindern konnte, gegen ihre Staffelei zu stoßen. Dummerweise hatte er einen ziemlich kraftvollen Satz gemacht, der ihn direkt bis kurz vor die Steilkante des Kliffs befördert hatte, an der es hundertsechzig – oder waren es doch sechshundert? – Meter in die Tiefe ging. Der Wucht seiner Bewegung hatte der weiche Sand nichts entgegenzusetzen, so dass der Mann geradewegs auf den Abgrund zuschlitterte. Er ruderte mit den Armen und warf sich im letzten Moment zurück, wie Jasmin es in der Schule immer beim Weitsprung gemacht hatte, wo diese Strategie allerdings deutlich weniger zu empfehlen war. Der Mann landete auf dem Hinterteil, rollte auf den Rücken ab, als wolle er eine Rolle rückwärts machen, und blieb kurz liegen.

»Ist das eine Angewohnheit von Ihnen, mit spektakulären Auftritten auf sich aufmerksam zu machen?« Schon als er zum Sprung angesetzt hatte, hatte Jasmin den Spätankömmling aus dem Niemeyer-Holstein-Museum erkannt.

Er machte Anstalten, sich Sandkörner, die er selbst aufgewirbelt hatte, aus dem Gesicht zu wischen, drehte dann jedoch den Kopf und sah sie von unten herauf an.

»Sie schon wieder«, rief er aus, was irgendwie übertrieben klang wie bei einer schlechten Theateraufführung.

»Das könnte ich auch sagen«, entgegnete Jasmin.

»Stimmt.« Mit einer geschickten Drehung war er auf den Knien und im nächsten Moment auf den Füßen. »Hallo«, sagte er und lächelte sie an, wobei seine Grübchen zu tiefen kleinen Mulden wurden.

Statt zu antworten, schob sie ihre Sonnenbrille in ihr Haar und nickte ihm zu. »Haben Sie etwas gegen Kunst?«, wollte sie wissen.

»Nee, im Gegenteil. Wie kommen Sie auf diese Frage?«

»Na, gestern konnte man leicht den Eindruck kriegen, Sie hätten die Absicht, das Atelier von ONH zu zerlegen.«

»Ist doch nichts passiert«, entgegnete er und klopfte seine Hose sauber. Der Vorfall im Museum schien ihm nicht sonderlich unangenehm zu sein. »Und Sie sind selbst Künstlerin?« Er stand mit dem Rücken zur Steilküste, die Staffelei war zwischen ihnen.

»Ja, ich bin Malerin«, antwortete Jasmin und genoss es, das zu sagen. Dann hatte sie jedoch das Gefühl, ONH stünde neben ihr und blickte sie missbilligend an. »Nur in der Freizeit«, ergänzte sie darum und lachte unsicher.

»Schön. Darf ich gucken?« Während er fragte, beugte er sich bereits über das hölzerne Gestell.

»Es ist noch nichts zu sehen. Ich bin gerade erst gekommen.«

Er stellte sich auf die Zehenspitzen, dann ließ er sich wieder auf die Füße fallen und kam mit federndem Schritt zu ihr herum. »Meine Güte, wenn das der Horizont werden soll, wird es ein ziemlich schräges Gemälde.« Er hatte die Augenbrauen hochgezogen und starrte auf den Bleistiftstrich, der einmal quer über die Leinwand lief. Seine Frisur war ein wenig anders als am Vortag, fiel ihr auf. Der Pony stand heute nicht hoch, sondern war seitlich aus der Stirn gekämmt.

»Das war keine Absicht. Sie haben mich erschreckt, da bin ich ausgerutscht.«

»Oje, Entschuldigung.« Er zog die Nase kraus und sah sie verlegen an. »Das war auch keine Absicht.«

»Kein Problem. Wenn ich gerade zum finalen Pinselstrich ausgeholt hätte, wäre es bedeutend schlimmer gewesen. Dann hätte ich Ihnen vermutlich einen Tritt verpasst, als Sie eben Richtung Kante gerutscht sind.«

»In Ihnen schlummern kriminelle Energien«, stellte er fest und sah sie durchdringend an.

Sie lachte. »Nein, eher nicht. Hunde, die bellen, beißen nicht. Sagt man doch so.«

»Sagt man, stimmt aber nicht immer. Machen Sie hier Urlaub?«

»Ja, bei einer Freundin. Und Sie?«

»Ich nicht«, gab er knapp zurück. »Wie heißen Sie?«

»Jasmin Baumgarten«, antwortete sie automatisch und fragte sich im nächsten Moment, ob es klug war, ihren Namen preiszugeben. Es war ungewöhnlich, dass er überhaupt danach fragte, dachte sie und wollte ihn gerade nach seinem Namen fragen, doch er sprach schon weiter:

»Seit wann sind Sie schon hier?«

»Gerade erst angekommen.«

»Gestern waren Sie immerhin schon in Lüttenort.«

»Ja, das war mein erster Ausflug«, erklärte sie.

»So?«

Sie runzelte die Stirn. »Ja, wenn ich's doch sage.«

Seine Miene entspannte sich. »Natürlich, Entschuldigung, ich hatte nur den Eindruck, dass Sie sich hier in der Gegend auskennen.«

»Ich besuche meine Freundin jedes Jahr«, erklärte sie und fragte sich, wie er auf diese Einschätzung kam. Schließlich hatten sie am Tag zuvor nicht ein einziges Wort gewechselt. Hatte er sie beobachtet?

»Wo wohnt Ihre Freundin?«

»Südlich des Schmollensees.«

»Schöne Gegend.« Er sah sich plötzlich um, als suche er etwas. »Mir hat jemand erzählt, dass es hier oben auf dem Streckelsberg eine Höhle geben soll, eine unterirdische Verbindung zum Strand.« Er sah ihr unvermittelt in die Augen und wirkte mit einem Mal sehr konzentriert. »Haben Sie davon gehört?«

»Deswegen bin ich hier.«

»Ach ja? Und, schon etwas gefunden?«

»Die Wurzel da.« Sie deutete auf die knorrige Skulptur, die die Natur geschaffen hatte. »Der Eingang zur Räuberhöhle.«

Er sah von ihr zu der Wurzel und wieder zu ihr. »Sie nehmen mich auf den Arm!« Ganz sicher schien er sich dessen nicht zu sein, er drehte sich um und war mit zwei Schritten an dem sonderbaren Gebilde.

»Nicht umkippen!«, rief sie. Tollpatschig wie er war, brachte er es fertig, ihr das Motiv zu verderben.

»Ich sehe nichts«, meinte er kopfschüttelnd.

»Das soll der Titel des Bildes werden: Eingang zur Räuberhöhle. Ist zumindest eine Idee. Finden Sie nicht, das könnte die Markierung zu Störtebekers unterirdischem Gang sein?«

»Die Markierung lasse ich gelten, aber wo soll hier bitte schön ein Eingang sein?« Wieder sah er sich um. »Ich suche eher nach einer Kuhle, über die jemand Bretter gelegt hat oder die von Sträuchern überwuchert ist.«

»Im Ernst?«

»Klar! Wo soll denn hier im weichen Sand der Eingang zu einem unterirdischen Labyrinth sein?«

»Nein, ich meine, Sie suchen tatsächlich danach?«

»Wieso nicht? Könnte doch ziemlich interessant sein, finden Sie nicht?«

»Der Störtebeker-Unterschlupf ist eine Sage. Der ganze Mann ist vermutlich ebenfalls nur eine Sage.«

»Sagen Sie!« Er lachte, als er das Wortspiel bemerkte. »Das heißt, alle denken das. Aber ich habe jemanden getroffen, der das Gegenteil behauptet. Und der, von dem ich spreche, ist immerhin hier aufgewachsen. Er hat beteuert, dass er schon als Kind in den Gängen gespielt hat. Natürlich hat er sich nicht weit hineingetraut und ist schon gar nicht einmal ganz hindurchgelaufen. Aber er hat behauptet, er sei vor nicht allzu langer Zeit wieder hier gewesen und habe den Eingang noch immer nahezu unversehrt vorgefunden.«

Jasmin wusste nicht, was sie von dieser Geschichte halten sollte. Wenn es aber wirklich Spuren einer Höhle oder Ähnliches gäbe, dann wäre das bestimmt ein wunderbares Motiv.

»Warum lassen Sie sich von diesem Mann den Eingang nicht einfach zeigen?« Sie tupfte sich den Schweiß von der Stirn und holte ihre Wasserflasche hervor.

»Das geht leider nicht mehr, er ist tot.«

»Oh, das tut mir leid«, sagte sie leise. »Sie sagten, er wäre vor nicht allzu langer Zeit hier gewesen.« Sie zuckte hilflos mit den Schultern, wusste nicht, was sie noch sagen sollte.

»Ja, und bald darauf ist er gestorben.« Wieder dieser durchdringende konzentrierte Blick. »Dumm, nicht wahr? Er hätte mir wirklich helfen können.«

Sie nickte, trank Wasser und betrachtete ihn von der Seite, wie er dastand und auf das Meer blickte. Er hatte etwas Geheimnisvolles an sich, fand sie.

»Warum müssen Sie dieses sagenhafte Labyrinth eigentlich finden?«

Er sah sie an, als hätte sie ihn gerade in bedeutenden Gedanken unterbrochen.

»Wie? Ach so, nein, ich muss das nicht finden. Hat mich bloß interessiert.« Er lächelte. Gerade eben hatte es noch den Anschein gehabt, es hinge etwas davon ab, ob der mysteriöse Höhlengang entdeckt wurde oder nicht, doch jetzt wirkte der Fremde so lässig, als sei das Ganze nur ein unwichtiges Spiel.

»Dann will ich Sie mal nicht länger stören, Sie wollten doch malen. Kommt es da nicht auf das Licht an? Ich möchte auf keinen Fall schuld sein, wenn Sie unverrichteter Dinge wieder abziehen, weil das Licht nicht mehr passt. Dann denken Sie am Ende doch noch, ich hätte etwas gegen Kunst, was aber nicht stimmt. Überhaupt nicht stimmt«, bekräftigte er. Er wischte sich die Hände an den ausgeblichenen Jeans ab, als wolle er ihr zum Abschied die Hand reichen, befürchtete aber, die wäre noch voller Sand. Dann hob er doch nur zwei Finger zum Gruß. »Also dann«, sagte er und ging einige Schritte seitwärts, ohne darauf zu achten, ob etwas in seinem Weg lag. Die Worte der Grauhaarigen kamen Jasmin in den Sinn: Guckt der denn nicht, wohin er tritt? – Offenbar nicht.

»Vorsicht«, rief sie. Gerade noch rechtzeitig.

Er blieb abrupt stehen und sah sie fragend an. Jasmin deutete auf den Baumstumpf, über den er schon bei seinem Erscheinen geflogen war. Müsste er ihn nicht allmählich kennen? Sein Blick folgte ihrem ausgestreckten Finger.

»Oh. Danke«, sagte er und lächelte wieder sein jungenhaftes Grübchenlächeln. »Wir sind uns zweimal zufällig über den Weg gelaufen, Jasmin. Wenn wir uns noch mal begegnen, müssen wir etwas zusammen trinken.«

»Müssen wir das?« Wie charmant, ein kleiner Flirt im Urlaub könnte ihr gefallen. »Ich gehe allerdings prinzipiell nicht mit fremden Männern etwas trinken. Und Sie haben mir Ihren Namen noch nicht verraten.«

»Das machen Sie genau richtig. Man kann nicht vorsichtig genug sein. Sehr gut.« Er nickte ernsthaft. »Also dann, vielleicht bis bald.« Er machte einen Schritt über den Baumstumpf hinweg und verschwand zwischen den Sträuchern.

Jasmin sah ihm nach und musste schmunzeln. Ein wenig kam

er ihr vor wie ein zerstreuter Professor, der nur eine Hälfte einer Frage anhörte und schon derart mit der Antwort beschäftigt war, dass er den Rest nicht mehr mitbekam. Und dann diese Ungeschicklichkeit, die eigentlich gar nicht zu seiner sportlichen Figur und den ansonsten geschmeidigen Bewegungen passen wollte. Von diesem Hügel, dem Streckelsberg, erzählte man sich, Störtebeker habe ein Seil über den Weg gespannt, an dem ein Glöckchen befestigt war. Kamen arglose Bürger den Pfad entlang, blieben sie an dem Seil hängen, betätigten ungewollt die Glocke und riefen damit den Freibeuter gewissermaßen zu sich, der sie ausraubte. Wenn dieser Tollpatsch damals gelebt hätte, wäre Störtebekers Plan vermutlich nie aufgegangen. Der hätte das Seil zerrissen, ohne es zu merken, oder den Piraten aus Versehen umgerissen.

»Da bist du ja endlich. Ab unter die Dusche und dann hinein in den feinen Zwirn, wir haben eine Verabredung.« Gabi hatte sich bereits in Schale geworfen. Sie trug eine festliche schwarze Hose und ein weißes Leinenhemd.

Jasmin war irritiert. »Habe ich irgendetwas vergessen?« Sie überlegte, ob sie am Vorabend darüber gesprochen hatten, dass sie heute ausgehen würden, aber ihr fiel nichts dergleichen ein. Und mehr als ein Glas Wein hatte sie nicht getrunken.

»Nein, ist eine spontane Idee. Ein Kunde von mir, für den ich gerade einen Anbau plane, hat heute eine Veranstaltung. Ist doch gerade Musikfestival. Da richtet er jedes Jahr einen Abend mit musikalischen Neulingen aus, denen man eine große Karriere prophezeit. Ich habe in den letzten beiden Jahren teilgenommen. Die Musik war bisher nicht gerade spektakulär. Aber das Drumherum ist nett. Das Ganze findet nämlich in einer Käserei statt, in der es auch Wein gibt.« Sie zwinkerte Jasmin zu. »Sehr guten Wein!«

»Wann müssen wir los?«

»In einer Stunde. Ich bestelle uns ein Taxi, dann können wir uns einen richtig schönen Abend machen. Und morgen mache ich frei. Du kannst dir aussuchen, was wir dann unternehmen.«

»Wirklich? Ach, das ist toll, ich freue mich!«

»Erst beeilen, dann freuen«, ordnete Gabi an.

»Bin schon weg!« Eigentlich war Jasmin ein wenig enttäuscht, denn sie hatte ihrer Freundin ihr Bild präsentieren und von ihrem Tag erzählen wollen. Nach der eigenartigen Begegnung mit dem attraktiven Tölpel hatte sie zunächst ihre Skizze angefertigt und dann gemalt wie im Rausch. Die Acrylfarben hatten in der Sonne so sehr geleuchtet, dass sie selbst mit Sonnenbrille auf der Nase noch die Augen hatte zusammenkneifen müssen. Um ihre Arbeit nicht zu unterbrechen, hatte sie am Ende sogar das Wasser aus der Flasche zum Ausspülen der Pinsel verwendet, obwohl sie schrecklichen Durst hatte. Es kam nicht häufig vor, dass sie in der freien Natur malte. Noch nie war es ihr gelungen, ein Bild in einem Rutsch und ohne die vertraute Umgebung ihrer kleinen Malecke, die sie sich im Wohnzimmer ihrer Berliner Wohnung eingerichtet hatte, fertigzustellen. Und dann war sie auch noch restlos zufrieden mit dem Ergebnis! Sie konnte es selbst kaum glauben und war entsprechend euphorisch und aufgedreht. Gabi würde Augen machen! Jasmin legte den Kopf in den Nacken und ließ sich lauwarmes Wasser über das Gesicht und den Körper laufen. Sie lächelte vor sich hin. Das war wirklich ein perfekter Urlaubstag gewesen. Dass sie den nächsten mit ihrer Freundin zusammen verbringen würde, steigerte ihre Laune noch mehr.

»Wie nett, dass Sie kommen konnten«, begrüßte Monsieur Fromage, wie er sich selbst nannte, Gabi. Die stellte Jasmin vor und zog eine Dokumentenmappe aus ihrer riesigen Umhängetasche.

»Die neuen Pläne sind fertig. Ich dachte, es ist eine gute Gelegenheit, sie Ihnen gleich zu bringen.«

Der Mann sah beinahe erschrocken auf die Unterlagen, die sie ihm reichte. »Ach je, ja, das ist nett …«

»Ich wollte sie Ihnen nur schon geben, damit Sie sehen können, ob jetzt alles so ist, wie Sie es sich wünschen. Melden Sie sich einfach, und wir machen einen Termin, um in Ruhe darüber zu sprechen.« Gabi beugte sich vertraulich vor, während sie ihm die Mappe endgültig in die Hand drückte. »Keine Sorge, ich habe nicht erwartet, dass Sie heute Abend Zeit dafür haben.«

Jasmin ließ den Raum, eine ausgebaute Diele mit Fachwerk und dunkelbraunen, beinahe schwarzen Balken auf sich wirken. Verstohlen beobachtete sie zwischendurch ihre Freundin, die in dem silbergrauen Gehrock umwerfend aussah, wie sie fand. Gabi hatte es wirklich gut. Sie hatte eine sportliche Figur und eine ebenmäßige Haut, die so glatt aussah, dass man sie am liebsten berühren wollte. Von Make-up oder anderer Altbausanierung, wie sie es gern nannte, hielt sie gar nichts. Selbst das Grau, das sich in ihren Haaren nach Thorstens Tod so rasch ausgebreitet hatte, stand ihr ausgezeichnet. Jasmin dagegen empfand sich nicht nur als pummelig, sie kämpfte auch oft genug mit ihrer Frisur, die gerade dann nicht saß, wenn es darauf ankam. Zu allem Überfluss war sie ein sehr heller Typ. Wenn sie im Sommer Farbe bekam, dann war das nicht etwa ein hübscher Bronzeton, sondern sie sah rot gefleckt aus. Wenigstens ein Hauch von Puder war also Pflicht.

»Nein, wir sollten unbedingt einen Termin machen. Das wäre nett«, hörte sie Monsieur Fromage sagen. »Bald, wir sollten bald einen Termin machen. Ich frage mich nämlich, ob man nicht doch ein großes Fenster …« Er schlug die Mappe auf und legte sie auf die Platte des Stehtisches, wobei er eine kleine Schale mit Crackern, nach denen Jasmin gerade die Finger ausgestreckt hatte, beiseiteschob. Jasmin knurrte der Magen, und sie wartete sehnsüchtig auf die von Gabi angekündigte Käseverkostung.

»Hier! Ob an dieser Stelle ein großes Fenster nicht doch nett wäre«, beendete er seinen Satz und legte grübelnd die Stirn in Falten, während sein Daumen auf die Zeichnung klopfte.

»Sie wollten ein energetisch optimiertes Haus«, erinnerte Gabi ihn ruhig. An ihrem Tonfall konnte Jasmin erkennen, dass sie innerlich zu kochen begann. Sie konnte Kunden nicht ausstehen, die anscheinend überzeugt von einem Konzept waren und es dann zugunsten irgendwelcher neuen Ideen leichtfertig opferten.

»Auf jeden Fall!« Monsieur Fromage nickte eifrig. »Nur ist der Blick zu dieser Seite heraus ganz besonders nett. Ich stelle mir vor, ich sitze hier am Abend nach getaner Arbeit. Im Kamin brennt ein Feuer, ich habe ein Glas Wein vor mir stehen, probiere meinen neuen Käse und blicke hinaus durch ein riesiges Fenster ...«

»Und sehen nichts«, beendete Gabi den Satz trocken. »Wenn Sie Ihren Kamin anfeuern, ist Winter. Das heißt, wenn Sie endlich Feierabend haben und es Zeit für ein Glas Wein ist, dann ist es draußen dunkel. Egal, wie groß das Fenster ist.«

Er wand sich wie ein Aal. »Da haben Sie natürlich recht. Aber grundsätzlich ...«

Sie seufzte tief und setzte ihren überheblichen Blick auf. Der Todesstoß für jeden zögerlichen Kunden. »Bitte, es ist Ihr Anbau und Ihre Entscheidung. Aber diese Seite ...« Sie tippte mit dem spitz gefeilten Nagel ihres Zeigefingers gefährlich dicht neben seinen Daumen. »... ist Norden. Norden, kleine Fenster, Süden, große Fenster. Jedenfalls wenn Sie energetisch schlau bauen wollen. Aber wenn Ihnen das doch nicht so wichtig ist ...« Ein Mitarbeiter trat an ihren Tisch, begrüßte die beiden Frauen, entschuldigte sich für die Störung und flüsterte seinem Chef etwas ins Ohr.

»Ah, es geht los! Die Klarinettistin ist so weit«, kündigte er an und schob die Unterlagen eilig zurück in die Mappe.

»Wie nett«, sagte Gabi, ohne eine Miene zu verziehen.

»Wir machen einen Termin. Ich lasse mir bis dahin alles noch einmal durch den Kopf gehen.« Er berührte kurz ihre Schulter und machte sich dann eilig aus dem Staub.

»Der macht mich fertig«, sagte Gabi stöhnend, kaum dass er außer Hörweite war. »Erst will er Erdwärme, dann doch lieber eine Pelletheizung. Aber bitte schön mit offenem Kamin, in dem die Holzscheite so schön knistern. Aus einem versetzten Baukörper ist inzwischen ein Kubus geworden. Ob er eine sichtbare Balkenlage haben will, weiß er noch immer nicht.« Sie schnaubte. »Hoffentlich kriegen wir bald etwas zu trinken.«

Jasmin lachte. »Und ein bisschen Käse wäre …« Sie machte eine bedeutungsvolle Pause. »Nett!«

Jetzt konnte auch Gabi wieder lachen. »Bei ihm ist alles nett. Bestimmt hat er deshalb auch eine Klarinettistin ausgesucht.« Sie winkte einem jungen Mädchen, vermutlich eine Studentin, die sich als Kellnerin etwas verdiente. Die kam an ihren Tisch, erklärte die drei Weinsorten, die sie auf ihrem Tablett hatte, und stellte den beiden Frauen den Rosé hin, für den die sich entschieden hatten.

»Zum Wohl!« Gabi hob ihr Glas. »Wir trinken auf dich«, ergänzte sie. »Du siehst klasse aus in dem Kleid. Ist das neu? Ist mir vorhin schon aufgefallen?«

»Ehrlich, gefällt's dir? Ist das nicht zu figurbetont?«

Gabi rollte mit den Augen. »Geh mir bitte nicht auf die Nerven. Das hat schon der Käsemann geschafft. Nein, es steht dir richtig gut. Der eine oder andere hat schon ein Auge auf dich geworfen, glaube ich.«

Jasmin sah sich kurz um. »Quatsch! Wobei …« Sie beugte sich näher zu ihrer Freundin hinüber. »Die beiden Männer da am Eingang gucken tatsächlich andauernd her. Und die große kräftige Frau mit den karottenroten Haaren auch. Bloß gucken die nicht zu mir, sondern zu dir, da gehe ich jede Wette ein.«

Gabi zuckte mit den Schultern. »Kann schon sein«, sagte sie gleichgültig. »Wahrscheinlich denken sie, ich hätte endlich eine Lebensgefährtin.« Jasmin sah sie fragend an. »Usedom ist ein Dorf, da wird viel geredet. Früher oder später landet der Klatsch auch bei dir selbst. Deshalb weiß ich inzwischen, dass viele hier denken, ich stehe auf Frauen«, erklärte sie ihrer verblüfften Freundin. »Ich gehe mit keinem Mann aus, trage nur Hosen und Anzüge, zack, da ist das Urteil schnell gesprochen.«

»Macht dir das nichts aus?«

»Nein, wieso sollte es? Wäre doch nicht schlimm, wenn sie recht hätten.«

»Nein, das wäre es nicht.«

»Und es hat den Vorteil, dass die Männer auf jeden Fall die Finger von mir lassen. Selbst die verzweifelten, die es sonst mit einer biestigen, vorzeitig ergrauten Architektin probiert hätten.«

»Dass das unbedingt ein Vorteil ist, würde ich nicht sagen. Da bin ich ganz anderer Meinung.«

»Ich weiß. Interessiert mich aber nicht. Viel mehr interessiert mich, was bei dir und den Männern läuft.«

»Wie kommst du denn jetzt darauf?«

»In deinem Horoskop stand heute Morgen, eine Begegnung könnte dein ganzes Leben verändern. Das Liebesglück reicht dir die Hand, du brauchst nur zugreifen.«

»Ich fasse es nicht, dass du noch immer Horoskope liest. Das ist doch Schund.«

»Das ist Unterhaltung.«

»Ich weiß nicht, was an diesem Mist unterhaltsam sein soll.« Sie schüttelte den Kopf und probierte einen Cracker.

»Ich bezahle die ganze Zeitung, also lese ich sie auch vollständig«, erklärte Gabi ungerührt. »Das Liebesglück reicht dir die Hand«, wiederholte sie. »Du willst mich ständig unter die Haube bringen, dabei war ich da schon. Ich habe meine Wahl getroffen.« Ihre Stimme wurde rau. »Sie war gut. Ich würde wieder Thorsten wählen, selbst wenn ich schon bei der Hochzeit wüsste, dass wir nicht besonders viel Zeit zusammen haben.«

»Er war die beste Wahl, keine Frage«, stimmte Jasmin zu und legte ihr eine Hand auf den Arm.

Gabi schluckte, ihre Augen waren feucht. »Gewählt ist gewählt und gewesen ist gewesen«, sagte sie und räusperte sich. »Du hast deine Wahl noch nicht getroffen. Okay, du bist ›pummelig‹, zehn Jahre jünger als ich, aber ich bin keine dreißig mehr.« Sie grinste breit. »Will sagen, es wird allerhöchste Zeit, dass du zugreifst, wie es dein Horoskop empfiehlt.«

»Blödsinn. Entweder es ergibt sich, oder es ergibt sich nicht.« Da waren sie also bei Thema Nummer zwei gelandet, über das sie nicht wirklich gut reden konnten. So wie Jasmin am liebsten einen Kerl für Gabi backen würde, war die ständig besorgt, dass Jasmin keinen mehr abkriegen würde. Dabei hatte Jasmin schon Beziehungen gehabt. Sie konnte auch nicht erklären, warum die nie länger als ein halbes Jahr gehalten hatten. Gabis Theorie war, dass der Richtige einfach noch nicht dabei war, weil Jasmin in dieser Hinsicht kein glückliches Händchen hatte. Jasmin dagegen war der Überzeugung, dass sie nicht attraktiv genug war. Wenn sie erst wieder mehr Sport machen und ein paar Kilo verlieren würde, dann sähe die Lage sicher gleich viel rosiger aus. Andererseits, was sollte sie mit einem anfangen, der derartig oberflächlich war, dass er sich von kleinen Pölsterchen abschrecken ließ? So einen wollte sie nicht, dann schon lieber allein bleiben. Das war das Dilemma, hinter dem sie sich in den letzten Jahren prima verstecken konnte.

»Was war zum Beispiel mit dem Typen, der gestern als Letzter gerade noch in die Führung gestolpert ist?«

»Du, das wollte ich dir schon die ganze Zeit erzählen. Den habe ich heute schon wieder getroffen.«

»Ach! Das ist ja ein Zufall«, sagte Gabi gedehnt.

»Ja, oder? Der war auch auf dem Streckelsberg unterwegs. Und stell dir vor: Beinahe wäre er das sechshundert Meter hohe Kliff heruntergefallen!« Gabi machte große Augen. »Der ist schon wieder gestolpert, hätte fast meinen Rucksack zertrampelt und die Staffelei umgehauen. Weil er das natürlich vermeiden wollte, hat er einen Satz gemacht, direkt auf die Steilkante zu.«

»Aber ihm ist nichts passiert«, stellte Gabi nüchtern fest.

»Nein, Gott sei Dank.«

»Hat er dir erzählt, dass der Hügel sechshundert Meter hoch ist?«

»Nein, das habe ich irgendwo gelesen, glaube ich.« Sie sah den erschöpften Blick ihrer Freundin. »Waren es doch nur hundertsechzig? Ich war mir nicht sicher.«

»Sechzig. Der Höcker ist sechzig Meter hoch. Höchstens.«

»Ehrlich? Mir kam er viel höher vor, als ich raufgelaufen bin.«

»Wie kannst du bei deinem Zahlengedächtnis nur so erfolgreich als Steuerberaterin arbeiten?«

Monsieur Fromage trat zu ihnen und stellte ihnen jeweils einen Teller mit den verschiedensten Köstlichkeiten hin. Kleine Türme aus übereinandergestapelten Schichten Schwarzbrot, Käse, Salat und einer undefinierbaren Creme standen neben aufgerollten und gefüllten Käsescheiben sowie mehreren überbackenen Variationen. Dazwischen gab es erfreulich viele kleine Käsespießchen mit und ohne Obststückchen.

»Guten Appetit, die Damen!« Schon war er wieder weg, um die nächsten Gäste zu versorgen.

»Der Käse ist großartig. Wusste gar nicht, dass Usedom berühmt für seine Molkereiprodukte ist.« Jasmin kaute genüsslich.

»Monsieur Fromage hat sein Handwerk in Frankreich gelernt und dort lange eine Käserei geleitet. Aber die Liebe hat ihn hierher auf die Insel verschlagen. Wobei wir wieder beim Thema wären.« Sie sah Jasmin erwartungsvoll an.

»Wie sagtest du vorhin? Geh mir bitte nicht auf die Nerven. Gleichfalls.« Jasmin schob sich ein Käseröllchen zwischen die Zähne. Da fiel ihr etwas ein. »Waf hab daf überhaupt mit dem Tölpel aus dem Mufeum fu tun?«, brachte sie mit vollem Mund hervor.

»Ab einem Kilo wird's undeutlich.«

Jasmin schluckte. »Witzig«, flüsterte sie und sah sich um. Glücklicherweise waren die anderen Besucher auf ihre eigenen Gespräche konzentriert oder hörten andächtig der Musik zu. »Wie kommst du bitte auf den, wenn in meinem Horoskop irgendein Blödsinn von zupackendem Liebesglück steht?«

»Deine Augen haben geleuchtet, als du von ihm erzählt hast. Gestern und eben gerade schon wieder. Außerdem hast du gesagt, er wäre nicht unsympathisch und attraktiv.«

»Aber sein zweiter Name ist Tollpatsch!«

»Na und? Das kann doch ganz niedlich sein. Außerdem passt das doch perfekt: Das Liebesglück reicht dir die Hand, weil es sonst nämlich den Abhang hinunterfällt. Da musst du einfach zugreifen.« Sie lachte.

Jasmin musste auch lachen. So betrachtet, ergab die Sache durchaus einen Sinn.

»Wie ist denn sein erster Name?«

»Keine Ahnung, den hat er mir nicht verraten.«

»Habt ihr euch denn nicht unterhalten?«

»Doch, das haben wir. Eine ganze Weile sogar.« Jasmin erzählte von seinem plötzlichen Auftauchen, seiner Rückwärtsrolle und von ihrem Gespräch. Sie erwähnte auch, dass er sie durchaus nach ihrem Namen und überhaupt nach einer Menge Dinge gefragt, von sich selbst aber wenig preisgegeben habe.

»Aha!«

»Was ›aha‹?«

»Du interessierst ihn.«

»Blödsinn«, wehrte Jasmin ab. Sie musste sich aber eingestehen, dass sie den Gedanken nicht unangenehm fand.

»Das ist ein Ding!« Gabi schlug mit dem Handrücken auf die aufgeschlagene Tageszeitung.

»Hat Monsieur Fromage einen anderen Architekten engagiert, um seinen Anbau zu entwerfen?« Jasmin nahm einen Schluck Kaffee und sah ihre Freundin an.

Die ignorierte die Frage. »Seit Wochen ist auf der Insel ein Gauner unterwegs, der sich immer mal wieder Kunstgegenstände unter den Nagel reißt«, erklärte sie. »Immer nur das Teuerste und Beste, versteht sich. Die Polizei hat erst vermutet, dass es jemand vom Festland ist, der nach Usedom kommt, zuschlägt und wieder verschwindet. Aber jetzt glauben sie, dass es ein Einheimischer sein könnte, der sein Diebesgut nur schnell auf das Festland verkauft.« Sie nahm den Artikel zur Hand. »Es besteht auch die Möglichkeit, dass es sich um eine Bande handelt, die auf ein ebenso dichtes wie weites Netz von Händlern und Abnehmern zurückgreift, sagt Dietmar Naujoks, Leiter der örtlichen Ermittlungsgruppe«, las sie vor.

»Das müssen doch Leute sein, die sich auskennen«, überlegte Jasmin laut und war nun vollends von den Flyern und dem Reiseführer abgelenkt, die Gabi ihr hingelegt hatte, damit sie ein Ausflugsziel für den Tag aussuchen konnte. »Ich meine, kostbare Kunstobjekte werden gesichert. Die kann man nicht mal eben im Vorbeigehen entwenden.«

»Natürlich nicht. Wenn du mich fragst, ist das auf jeden Fall eine ganze Bande. Organisiertes Verbrechen. Für einen Gelegenheitsdieb ist die Sache eine ganze Nummer zu groß.« Sie faltete die Zeitung zusammen und warf sie in die alte Weinkiste, die sie für ihr Altpapier verwendete. Jasmin hätte diese Kiste einfach entsorgt, Gabi hingegen hatte einen Blick für schöne Dinge. Tatsächlich wirkte die alte Holzkiste mit dem aufgedruckten Logo eines Weingutes in der Toskana und dem Brandzeichen, das die darin transportierte Weinsorte verriet, wie ein schickes antikes Möbelstück. »Also, was wollen wir unternehmen?«

»Tja, ich weiß nicht, ich habe mich noch gar nicht durch den Stapel gewühlt, den du mir gegeben hast. Warum machst du nicht einen Vorschlag? Immerhin ist es dein freier Tag.«

»Also schön. Was hältst du davon, wenn wir erst in den Kletterwald gehen und dann ein bisschen in Bansin bummeln?«

»Kletterwald? Ich bin doch kein Affe!«

Gabi prustete los. »Du müsstest dein Gesicht sehen.« Sie beruhigte sich wieder. »War nur ein Spaß, ich will mich auch nicht zum Affen machen.« Sie dachte kurz nach. »Aber Bansin war durchaus ernst gemeint. Wir könnten uns das Gedenkatelier von Rolf Werner ansehen. Mit seinen Bildern kann ich mehr anfangen als mit denen vom alten Otto. Und du wirst das Atelier lieben. Werners Witwe hat es teilweise so belassen, wie es zum Zeitpunkt seines Todes aussah.«

»Hört sich großartig an. Hättest du wirklich Lust dazu, oder gehen wir nur mir zuliebe hin?«

»Natürlich nur dir zuliebe«, entgegnete Gabi, ohne eine Miene zu verziehen. »Ich bin schließlich eine perfekte Gastgeberin.«

»Das bist du!«

Schon wieder hatte Gabi recht behalten. Jasmin liebte das Atelier. Nachdem die beiden sich gemeinsam sehr ausführlich die Bilder angesehen hatten, plauderte Gabi mit einer Frau, die um die fünfzig Jahre alt sein mochte und irgendwie mit dem Maler verwandt war. Sie hatte eine kleine Führung gemacht und unterhielt sich nun mit Gabi über Umbaumöglichkeiten des reetgedeckten verwinkelten Hauses. Jasmin hatte Zeit, sich allein noch einmal die Gemälde anzusehen, die ihr am besten gefallen hatten, wie etwa das der Seebrücke mit einem Segelschiff im Hintergrund, das die gezeigte Idylle durch hohe dunkle Wellen und einen grauen Himmel in Frage stellte. Oder ein anderes von einer als Clown verkleideten Person, die den Betrachter traurig und verloren anstarrte.

Jasmin ging in den Räumen hin und her, atmete den Duft von Ölfarbe und altem Holz ein, hörte den honigfarbenen Dielen zu, die jeden ihrer Schritte kommentierten, und erfreute sich an Details, die das Atelier so lebendig machten. Da stand ein Foto des Künstlers, angelehnt an ein Glas, aus dem struppige Pinsel ragten, dort stand eine rote Rose in einer Vase zwischen bekleksten Paletten, Kästchen und Papierfetzen. Als sie sich endlich sattgesehen hatte, ging sie zu ihrer Freundin zurück, die noch immer in das Gespräch mit der Mitarbeiterin des Museums vertieft war. Um architektonische Leistungen oder bauliche Veränderungen ging es allerdings nicht mehr, sondern die beiden sprachen über den oder die Kunstdiebe von Usedom.

»Unsere Alarmanlage war gerade nicht in Betrieb. Die müssen gewusst haben, dass es noch einen Tag dauern würde, bis sie repariert ist.« Die Dame seufzte.

»Stell dir vor, das Werner-Gedenkatelier ist auch bestohlen worden«, sagte Gabi, an Jasmin gewandt.

»Da macht sich doch jemand die Mühe, die Umgebung der Objekte, auf die er scharf ist, gründlich auszukundschaften, bevor er zuschlägt«, meinte Jasmin. »Ich meine, das mit der Alarmanlage können die doch nur durch gute Kontakte oder gründliches Auskundschaften erfahren haben.«

»Davon bin ich auch überzeugt«, stimmte die Museums-Dame zu.

»Du sagst, das geht nun schon seit Wochen so«, führte Jasmin ihren Gedanken fort. »Wann ist denen zum bisher letzten Mal ein Coup gelungen?«

»Vorgestern«, antwortete Gabi. »Gestern stand es in der Zeitung. Habe ich dir vorgelesen. Hörst du mir nicht zu?«

Jasmin ging nicht darauf ein. »Das bedeutet, die sind noch nicht durch mit der Insel. Wer weiß, vielleicht haben die eine Liste mit Kunstgegenständen, die sie haben wollen, und hören erst auf, wenn die erledigt ist.«

»Ein furchtbarer Gedanke! Dann können wir nur hoffen, dass sie von uns nur das eine Bild haben wollen, das sie mitgehen lassen haben. Sonst kommen sie womöglich noch mal wieder.« Der Museumsfrau war anzusehen, dass sie den Schreck des Einbruchs noch nicht überwunden hatte.

»Sofern deine Theorie stimmt«, entgegnete Gabi, »wären die jetzt unter Umständen noch dabei, die Orte auszuspionieren, die sie gerne um ein paar Kostbarkeiten erleichtern würden.«

»Könnte doch sein.«

»Schrecklich! Allein die Vorstellung, dass sich solches Gaunervolk auf unserer Insel herumtreibt …« Die Dame beendete den Satz nicht, sondern schüttelte stattdessen den Kopf, als wolle sie diese Idee aus ihrem Hirn verbannen.

Als sie aus dem Museum traten, hatte es sich zugezogen. Bedrohlich düstere Wolken hingen tief am Himmel, und es war schrecklich schwül. Die Luft flirrte geradezu, wie sie es sonst eher an Hochsommertagen des Juli oder August tat.

»Nicht gerade Strandwetter«, kommentierte Gabi. »Lust auf Shopping?«

»Klar, das gehört doch dazu im Urlaub.«

Sie gingen auf der Seestraße Richtung Wasser und bummelten durch alle Boutiquen und Läden, die auf ihrem Weg lagen. Draußen begann es zu grummeln. In der Ferne ging anscheinend ein

Gewitter nieder. Als sie gerade eine Boutique verließen, in der sie darüber gestaunt hatten, dass die Verkäuferin in der Lage war, auf Schuhen mit mindestens zehn Zentimeter hohen Absätzen zu laufen, die vorne so spitz zuliefen, dass die Zehen eigentlich nur hintereinander hineinpassen konnten, kam Sturm auf.

»Ich glaube, es wird Zeit, dass wir irgendwo einkehren. Es könnte gleich ziemlich ungemütlich werden«, rief Gabi Jasmin zu.

»Gute Idee!«

Sie erreichten die Terrasse eines Restaurants im Laufschritt und schlüpften gerade noch rechtzeitig unter die Markise, bevor ein Platzregen niederging.

»Da haben wir wirklich Glück gehabt«, brachte Jasmin lachend hervor.

Sie ließen sich auf den Korbstühlen nieder und hörten dem Trommeln des Regens zu. Alles schien plötzlich intensiver zu duften. Die Heckenrose und die Schmetterlingsblüten einer Wicke im Garten nebenan ebenso wie der Kaffee und die frisch gebackenen Waffeln, die mit heißen Kirschen, Eis und Sahne angeboten wurden. Auf der anderen Straßenseite war eine Frau auf die Loggia im dritten Stock getreten. Sie schien ihren überdachten Balkon zu betrachten, verschwand nach drinnen und kehrte gleich darauf mit einem Eimer und einer Bürste zurück.

»Na, die scheint der Guss ja angeregt zu haben«, stellte Gabi fest und beobachtete, was sich drüben im dritten Stock abspielte. Es dauerte nicht lange, da trat eine Frau aus dem Haus, spannte den Schirm auf und versuchte nach oben zu blicken, was nicht einfach war, wenn sie etwas sehen wollte, ohne dicke Regentropfen in die Augen zu bekommen. Die Frau mit dem Schirm verzog missbilligend das Gesicht, ging hin und her. Die putzende Hausbewohnerin war hinter der gemauerten Balkonbrüstung verschwunden. Ein kräftiger Strahl Seifenwasser, der aus einem Ablauf auf den Bürgersteig vor dem Hauseingang klatschte, ließ vermuten, dass sie in ihrem Versteck fleißig schrubbte. Nun trat ein Mann aus dem Haus, ebenfalls mit einem Schirm bewaffnet, den er sofort aufspannte. Auch er betrachtete das Blasen werfende Wasser und schien untersuchen zu wollen, woher es kam.

»So eine Sauerei!«, schimpfte er.

»Was soll denn an Seife eine Sauerei sein?«, fragte Jasmin verständnislos.

»Zumal sie doch sofort vom Regen weggespült wird. Wahrscheinlich hat die da oben die Gelegenheit genutzt, um ihren Balkon zu putzen, ohne jemanden zu belästigen.« Gabi rollte mit den Augen, nahm ihre Brille ab und rieb die Gläser, die ein paar Tropfen abbekommen hatten, an ihrer Hose trocken. »Das ist typisch kleinbürgerlich. So etwas würde dir in Berlin nicht passieren.«

»Da würde ich nicht wetten«, gab Jasmin zurück.

Gegenüber öffnete sich die Tür, und ein weiterer Hausbewohner trat ins Freie. Er trug ein durchsichtiges Regencape und gesellte sich zu den beiden mit ihren Schirmen.

»Muss denn so etwas sein?«, hörten die beiden Freundinnen. »Alles nass hier, weil die da oben mal wieder mit so viel Wischwasser planscht!«

Gabi und Jasmin sahen sich an und prusteten los.

»Hat er das wirklich gesagt?«, fragte Jasmin und konnte sich kaum beruhigen.

»Alles nass hier«, wiederholte Gabi. »Habe ich auch gehört.« Sie kicherte albern. »Aber nicht vom Regen, sondern nur vom Wischwasser«, verkündete sie und ahmte den Tonfall des Cape-Mannes nach.

Sie tranken ihren Kaffee, und Gabi erzählte von ihren Kunden und den ungewöhnlichsten Wünschen, die ihr je untergekommen waren.

»Haben die Leute von Usedom eigentlich keine Vorbehalte gegenüber einer Architektin aus Berlin?«, wollte Jasmin wissen.

»Nein, das kann ich nicht sagen. Wenn sie nur mit Architekten von der Insel arbeiten wollten, also mit solchen, die hier geboren sind, hätten sie auch keine besonders große Auswahl. Es gibt da einen in Zinnowitz, glaube ich, der soll hier geboren und sozusagen in dritter Generation Architekt sein.«

»Da ist er!«, rief Jasmin.

»Woher kennst du den denn?«

»Was?« Sie stutzte, dann begriff sie. »Nein, ich meine doch nicht den Architekten, ich meine den Stolperer, den Tollpatsch.«

»Der ist hier?« Gabi gab ihre entspannte Haltung auf und spähte angestrengt die Straße entlang. »Wo?«

»Der da hinten, der mit den ausgewaschenen Jeans und der offenen Regenjacke über dem bedruckten T-Shirt.«

Gabi folgte ihrem Blick und entdeckte ihn. »Sehr gute Beschreibung. Der ist niedlich«, stellte sie fest.

»Du siehst ihn doch nur im Profil.«

»Ja, und das ist schon ziemlich vielversprechend. Ruf ihn doch mal, dann dreht er sich um.«

»So weit kommt's noch!«

»Dann rufe ich ihn eben.«

»Bist du verrückt? Lass das bleiben!«

»War nur ein Scherz.« Gabi amüsierte sich anscheinend prächtig.

Statt sich umzudrehen, verschwand der Mann in einem kleinen Laden, in dem Kunsthandwerk angeboten wurde. »Ich lasse die Tür keine Sekunde aus den Augen. Wenn er wieder rauskommt, sehe ich ihn von vorne«, verkündete Gabi fröhlich. Es dauerte sehr lange, ohne dass sich etwas rührte. Inzwischen waren sie bei Espresso angekommen, nachdem sie bereits jeder einen einfachen Kaffee und einen Cappuccino getrunken hatten.

»Sag mal, hatte ich einen Filmriss?«, wollte Gabi wissen. »So lange bleibt doch kein Mensch in einem Geschäft. Schon gar kein Mann, wenn es sich nicht um einen Baumarkt handelt.«

»Wie gut, dass du keine Vorurteile hast.«

»Reine Lebenserfahrung.«

»Vielleicht hat er den Hinterausgang genommen«, schlug Jasmin vor.

Endlich öffnete sich die Tür.

»Ha!«, riefen die beiden Frauen wie aus einem Mund.

Der Mann blickte sich kurz um, als wolle er sichergehen, dass ihn niemand sah. Dann stülpte er sich die Kapuze seiner Regenjacke auf und ging auffallend eilig davon.

»Mist, da hat sich die Warterei aber nicht gelohnt«, beschwerte sich Gabi. »Ich habe sein Gesicht kaum gesehen, bevor er sich die Kapuze über den Kopf gezogen hat.«

»Zur Strafe für unser albernes Observationsspielchen habe ich jetzt einen Koffeinschock. Los, lass uns gehen, ich habe Hummeln im Hintern.«

»Immerhin hat es aufgehört zu regnen. Wir hätten die Zeit auch ohne dein tölpelhaftes Liebesglück hier im Café totgeschlagen«, stellte Gabi fest.

Zumindest was das Wetter anging, hatte sie recht. Die Wolken rissen mehr und mehr auf, und die Sonne ließ sich wieder sehen. Nur von den Schirmen und Markisen fielen noch dicke Tropfen hinab, denen sie auswichen, während sie zum Meer gingen.

»Abendessen ist fertig!« Nach ihrem gemeinsamen Ausflug hatte Jasmin ein wenig gelesen, während Gabi sich in die Küche verzogen hatte. Nein, Hilfe wollte sie auf keinen Fall, es gebe ohnehin nur eine Kleinigkeit, hatte sie verkündet. Jasmin glaubte ihr kein Wort. Es duftete herrlich nach Petersilie und Möhren.

Nun lud Gabi Jasmin einen Berg gedünsteter Karottenscheiben auf den Teller. Mehr nicht.

»Sehr übersichtlich«, meinte Jasmin und sah ihre Freundin prüfend an. Sie konnte sich nicht vorstellen, dass das alles war. Immerhin war Gabi eine hervorragende Köchin, die es liebte, Exotisches zu probieren oder eigene Kreationen zu erfinden. Das hier sah weder nach dem einen noch nach dem anderen aus.

»Du willst doch immer abnehmen. Dafür sind Mohrrüben optimal geeignet.«

Jasmin musste sich eingestehen, dass sie ein wenig enttäuscht war.

»Hast recht«, sagte sie tapfer.

»Einmal pro Woche habe ich meinen Fastenabend«, erklärte Gabi. »Ich hätte normalerweise dir zuliebe darauf verzichtet, aber da du ständig über deine Figurprobleme jammerst, dachte ich, da musst du eben durch.«

Jasmin nahm sich fest vor, kein Wort mehr über ihre Pfunde zu verlieren. Als sie die Hälfte des Gemüses gegessen hatte, sagte sie: »Komisch, ich bin viel schneller satt als sonst. Hast du die Möhren auf eine spezielle Art zubereitet?«

»Ja«, sagte Gabi, »schlicht. Brühe und Karotten, sonst nichts. Macht weniger Lust auf mehr als die Gorgonzolasoße neulich, oder?«

»Sättigt irgendwie«, murmelte Jasmin ertappt. Dann wechselte sie das Thema. »Ich kriege diesen Tollpatsch nicht aus dem Kopf.«

»Aha!«, machte Gabi triumphierend.

»Nicht so, wie du denkst.« Sie piekte zwei Karottenscheiben auf die Gabel. »Nein, ich frage mich, was der so lange in dem Kunsthandwerkerladen gemacht hat.«

»Kunsthandwerk angesehen«, sagte Gabi trocken.

»Schon möglich. Aber es kann doch auch sein, dass er sich mehr für den Laden als für den Inhalt interessiert hat.«

»Du meinst, er ist Architekt?«

»Nein, ich meine, er ist der Kunstdieb!«

Gabi warf den Kopf so schwungvoll in den Nacken, dass ihre Brille, die sie mal wieder in ihrem Haar vergessen hatte, im hohen Bogen davonflog. Lachend stand sie auf, klaubte die Brille vom Boden und legte sie beiseite.

»Was ist so lustig?« Jasmin sah sie überrascht an.

»Du bist lustig. Nach allem, was du über ihn erzählt hast, ist der Mann an Schusseligkeit nicht zu überbieten. Obendrein scheint er ein Spezialist für auffällige Auftritte zu sein, das hast du selbst gesagt. Die Diebe müssen aber genau das Gegenteil sein, unauffällig, clever und geschickt.«

»Stimmt schon.« Sie überlegte. »Aber es passt alles so gut zusammen.« Sie zählte auf: »Er war im Niemeyer-Holstein-Haus, er hat mich ausgefragt, aber nichts über seine Person verraten, und an meinem Bild interessiert war er auch. Vorhin war er in einem Geschäft, das mit Kunst handelt, ist eine Ewigkeit drinnen geblieben und hat sich ganz merkwürdig umgesehen, als er herauskam. Das sagt doch wohl alles.«

»Das sagt überhaupt nichts.« Gabi räumte die Teller ab.

»Er hat auf dem Streckelsberg nach der Störtebeker-Kuhle gesucht. Mensch, Gabi, der braucht ein gutes Versteck für seinen Schatz, genau wie der Pirat damals. Und er will sich schnell und unbeobachtet auf der Insel bewegen. Da kommt ihm ein unterirdisches Labyrinth doch mehr als gelegen.«

»Trottelig wie der ist, verläuft er sich und verhungert da drinnen«, wandte Gabi ein.

Jasmin schrie auf. »Du meine Güte, mir scheint, du hast wirklich ein Auge auf ihn geworfen. Du hast Angst um ihn!«

Gabi grinste breit. »Keine Sorge, er hat das Labyrinth ja nicht gefunden.«

»Das ist nicht witzig. Mir ist gerade etwas eingefallen, was er gesagt hat.« Jasmin schluckte, ihr wurde übel.

»Hey, was ist denn los? Du bist ja ganz blass.«

»Oben auf dem Streckelsberg hat er zu mir gesagt, jemand habe ihm erzählt, dass es die Höhlengänge wirklich gebe. Jemand, der hier aufgewachsen sei. Ich habe ihn gefragt, warum er sich den Eingang zur Störtebeker-Kuhle von dem nicht einfach zeigen lässt. Weißt du, was er gesagt hat?«

Gabi schüttelte den Kopf und beobachtete ihre Freundin gespannt.

»Er sagte: Das geht leider nicht, denn er ist tot. Dieser Einheimische soll den Eingang vor nicht allzu langer Zeit besucht haben und kurz darauf gestorben sein.«

Gabi sah sie lange an, bevor sie antwortete: »Ach herrje, womöglich hast du recht, vielleicht hat er wirklich was mit den Diebstählen zu tun. Gehen wir mal davon aus, dass es sich um eine Gaunerbande handelt. Da ist immer einer dabei, den sie als

Bauernopfer brauchen, der sich blöd anstellt und am Ende auch leer ausgeht. Das ist er, das ist dein Liebesglück.«

»Jetzt hör doch mal damit auf!«

»Ich traue dem nicht zu, dass er so einen Coup durchzieht, aber wer weiß, kann ja sein, dass er eine ganz große Nummer in der Theorie ist. Es wäre doch möglich, dass er alles geplant hat und sich jetzt so dämlich anstellt, dass seine Kumpane ihn loswerden wollen.«

»Wie kommst du darauf, dass die ihn loswerden wollen? Anscheinend haben die einen anderen eliminiert. Ich habe eine ganz andere Idee: Das Ding ist von mehreren Typen gedreht, die Beute lagert irgendwo auf der Insel. Vielleicht tatsächlich in einem Höhlensystem, aber eventuell ist das auch nur eine Falle, die einen Räuber nach dem anderen an einen bestimmten Ort locken soll.« Jasmin stellte sich alles ganz genau vor. »Und wenn er nach dem angeblichen Versteck sucht, krk.« Sie zog mit der Handkante in einer schnellen Bewegung über ihren Kehlkopf. »Dann ist er erledigt. Das geht so lange, bis nur noch einer übrigbleibt.«

»Für deinen Tollpatsch kommt das aufs Gleiche hinaus, denn er ist mit Sicherheit nicht der, der übrigbleibt«, gab Gabi zu bedenken. »Auf jeden Fall steht fest, was du morgen vorhast.«

»Wieso?«

»Weil du zur Polizei gehst. Du hast den Kerl zweimal getroffen und kannst ihn beschreiben. Ich muss arbeiten.«

»Was soll ich denen denn erzählen? Dass ich glaube, ich kenne einen der Kunstdiebe?« Ihr war mulmig. Zwar war es genau das, was sie dachte, trotzdem waren die Indizien etwas dünn, um es vorsichtig auszudrücken. Außerdem musste sie feststellen, dass ihr der Gedanke, den Mann, der ein netter Urlaubsflirt hätte werden können, anzuschwärzen, gar nicht gefiel. Wenn sie auch fest überzeugt davon war, dass er etwas mit der Sache zu tun hatte, wollte sie doch nicht diejenige sein, die ihn ans Messer lieferte. »Ich gehe lieber noch einmal auf den Streckelsberg und sehe mich ein wenig um. Wenn ich eine Spur finde, dann kann ich der Polizei wenigstens handfeste Beweise liefern.«

»Das wirst du schön bleibenlassen.« Gabi sah wirklich besorgt aus. »Wir sprechen immerhin nicht mehr nur von Kunstklau, sondern inzwischen auch von einem Toten!«

Die nächsten beiden Tage ließ Jasmin mehr oder weniger untätig an sich vorüberziehen. Sie las ein wenig und ging einmal bis zum Schmollensee und zurück.

»Na, wie war das Wasser?«, wollte Gabi wissen, als sie zurückkam.

»Ich bin nicht reingegangen. Das sah irgendwie so grün aus.« Sie zog die Nase kraus. »Außerdem kann ich in Berlin auch im See baden, hier will ich lieber in die Ostsee oder in eine schicke Therme.«

Gabi zuckte mit den Schultern und kümmerte sich wieder um ihre statischen Berechnungen.

Jasmin war schrecklich unentschlossen. Wäre es richtig, die Polizei zu informieren, oder würde man sie auslachen? Was, wenn sie ein Phantombild anfertigen ließ, und der sympathische Fremde wurde als gesuchter Verbrecher erkannt? Mit einem Mal fiel es ihr ein: Sie selbst konnte ein Phantombild von ihm malen. Und dann? Sollte sie damit zur Polizei gehen? Ihre Gedanken drehten sich im Kreis.

Am fünften Tag nach dem Regen ließ sie Gabi beim Frühstück wissen: »Heute lege ich mich an den Strand und bleibe in der Sonne, bis ich verführerisch rot gefleckt bin.«

»Guter Plan«, entgegnete sie und biss in ihr Vollkornbrötchen. »Da wäre ich zu gerne dabei, aber leider muss ich Monsieur Fromage seine Energiebilanz mit überdimensionalem Fenster auf der Nordseite seines Anbaus berechnen. Am liebsten würde ich ihm die Pläne um die Ohren hauen.«

»Das wäre nicht nett«, flötete Jasmin.

»Würde mir aber guttun.« Gabi zog eine Grimasse. »Hast du dir schon einen Strandabschnitt ausgesucht?«

»Ich dachte an Bansin, vielleicht in der Nähe der Seebrücke oder etwas weiter östlich. Mal sehen.«

»Dann wünsche ich dir einen schönen Tag!«

»Danke, dir auch. Und gutes Gelingen!«

Es waren nur rund sechs Kilometer bis zum Meer, also nahm Jasmin dieses Mal das Rad. Sie trug eine Caprihose und eine weite Bluse, die im böigen Wind flatterte. Ihre blonden Haare hatte sie unter einem Tuch versteckt, das sie vor einem Sonnenstich schützen sollte. Am Strand angekommen, suchte sie sich ein Plätzchen. Nicht zu nah am Wasser sollte es sein, denn dann rannte ständig jemand an ihr vorbei und sorgte dafür, dass sich Sand auf ihrem Handtuch verteilte. Und natürlich wollte sie niemandem zu nah auf die Pelle rücken. Sie lief eine ganze Weile unentschlossen umher, bis sie endlich einen Platz gefunden hatte, der ihr gefiel. Dort packte sie ihr Badelaken an zwei Ecken und schlug es mit großer Geste in die Höhe, so dass es vom Wind gebläht wie ein Segel langsam zu Boden gleiten konnte. Perfekt. Kaum ein Sandkrümelchen war darauf, das sie piesacken würde. Jasmin zog sich aus, cremte sich ein und holte ihr Buch über die Bräuche der Schiffer Usedoms hervor. Wenige Minuten nachdem sie zu lesen begonnen hatte, vergaß sie die Welt um sich herum. Durch Pfeifen konnten die Männer auf See den Wind anlocken, stand da, wenn er zu schwach war, um sie mit ihren Segelschiffen ordentlich voranzutreiben. Stand der Wind nicht günstig, dürfe man auf keinen Fall nähen oder etwas flicken, denn dann nähte man ihn womöglich mit fest, und es bliebe bei den unglücklichen Windverhältnissen. Vor Jasmins geistigem Auge entstanden Bilder: ein stolzer Viermaster mit einem Kapitän an Bord, der pfeifend an der Reling stand und nicht bemerkte, dass weiter hinten am Heck einer seiner Männer das Loch in einer Socke stopfte. Ja, das würde sie malen! Sie musste ihre Körperhaltung ändern, denn sonst würden ihre Arme bald einschlafen. Außerdem hatte ihr Rücken bestimmt schon genug Sonne abbekommen.

Während sie sich drehte, meinte sie aus dem Augenwinkel eine schnelle Bewegung zu sehen. Sie schaute zur Seite, doch da war nichts. Nur eine violette Strandmuschel, die vorhin schon dort gewesen war, eine Familie, deren Kinder ihren Vater gerade der Länge nach im Sand vergruben. Lediglich sein Kopf und seine Brust waren noch zu sehen. Jasmin seufzte behaglich. Genau so musste Urlaub sein. Alles war so friedlich. Es fühlte sich an, als wäre das Leben hier mindestens zwei Umdrehungen langsamer als zu Hause in Berlin. Sie steckte ihre Nase zurück ins Buch.

Kam es zu einem Todesfall an Bord, so durfte der Leichnam nicht länger als vierundzwanzig Stunden auf dem Schiff bleiben, las sie. Sonst würde die Reise um ein Vielfaches länger dauern, als es geplant war. Nein, aus diesem Aberglauben ließ sich kein Gemälde machen. Sie wollte lieber die Sitten und Gebräuche umsetzen als solche Ammenmärchen. Vor allem wollte sie sich nicht mit Toten beschäftigen, denn das brachte sie wieder auf den Mann, der kurz nach seinem Besuch des Streckelsberges verstorben war. Und das brachte sie unweigerlich zu Mister Tollpatsch. Sie blätterte weiter, da raschelte es plötzlich nicht weit von ihr. Sie blickte erschrocken zur Seite und sah gerade noch, wie ein Bein, das in einer Jeanshose steckte, hinter die violette Strandmuschel gezogen wurde, die gefährlich wackelte. Dann beruhigte sich der knallige Windschutz und stand schließlich wieder still da. Aber dahinter war jemand. War es der Mann mit dem braunen Haar? Vielleicht hatte er sie erkannt und sich daran erinnert, dass sie bei ihrer dritten Begegnung etwas miteinander trinken mussten. Womöglich war ihm diese Vorstellung nun doch nicht mehr angenehm. Oder ahnte er, dass sie ihn in Verdacht hatte? Schon einmal hatte Jasmin den Eindruck gehabt, er würde sie beobachten. Ihr Puls ging einen Takt schneller, die harmonische Atmosphäre war dahin. Immer wieder sah sie hinüber. Dann versuchte sie, sich wieder auf ihr Buch zu konzentrieren, aber ihre Augen glitten über die Zeilen, ohne dass ihr Gehirn auch nur die kleinste Episode aufnahm.

Irgendwann hatte sie es satt, die nachbarliche Strandmuschel zu beobachten. Sie packte ihr Buch in die Tasche, streckte sich aus und schloss die Augen. Entspann dich, sagte sie sich. Wenn sich der Kerl hinter seinem violetten Sichtschutz verstecken wollte, dann sollte er es ruhig tun. Nach einer Weile meinte sie etwas gehört zu haben, öffnete ein Auge und blinzelte hinüber. Nein, alles ruhig. Sie klappte das Auge wieder zu. Allmählich kroch eine bleierne Müdigkeit in ihr hoch. Nachdem wieder eine Weile vergangen war, rieselten Sandkörner auf ihr Bein. Jasmin war beinahe eingeschlafen, bekam einen Schreck, richtete sich viel zu schnell auf und merkte, wie ihr schwindelig wurde. Als die Dunkelheit, die sie kurz umschlossen hatte, sich wieder verzog, sah sie gerade noch, wie der Mann neben ihr zusammenpackte. Dabei drehte er ihr den Rücken zu. Sie war sich nicht sicher. War es der mysteriöse Unbekannte? Schließlich ging er in die andere Richtung davon, ohne sich noch einmal nach ihr umzusehen. Die Größe kam einigermaßen hin, dachte sie, aber waren die Haare nicht länger gewesen? Auch der etwas behäbige Gang passte nicht, andererseits ließ es sich im weichen Sand schlecht laufen. Nein, das war er nicht. Sie musste endlich wieder Vernunft annehmen und aufhören, Gespenster zu sehen.

Peenemünde

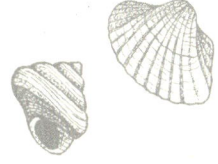

»Willst du dir das wirklich antun?« Gabi sah sie über den Rand ihrer Brille hinweg an. »Ich meine, Peenemünde ist beeindruckend und hochinteressant, keine Frage. Aber es ist auch düster und schrecklich bedrückend. Das ist doch nichts für einen schönen Sommertag.«

»Aber im Winter komme ich dich eben nicht besuchen.«

»Könntest du ruhig mal tun.«

»Okay.«

»Huch, das war einfach.« Die beiden lächelten sich an. »Ich meine das ernst«, setzte Gabi wieder an. »So weit ist es nicht von Berlin nach Usedom, und ich könnte dich gut mehr als einmal im Jahr hier haben.«

»Von Usedom nach Berlin ist es übrigens genauso weit oder eben nicht weit«, gab Jasmin zu bedenken.

»Ich weiß, aber es zieht mich nichts mehr da hin.«

»Sehr nett, vielen Dank. Bin ich nicht Grund genug für einen Besuch?«

»Doch, das weißt du auch. Mir ist es trotzdem lieber, wenn du herkommst. Ich bin noch nicht so weit, wieder in Berlin zu sein. Außerdem ist hier auf der Insel viel bessere Luft und viel weniger Lärm.« Kaum dass sie es ausgesprochen hatte, pfiff der Wasserkessel heiser und durchdringend.

»Was die Luft angeht, hast du recht«, sagte Jasmin und schmunzelte. Gabi goss den Tee auf. Er duftete nach Vanille. »Ist schon in Ordnung. Ich komme gerne her. Und wenn du willst, komme ich auch im Winter.« Nach einer kurzen Pause meinte Jasmin: »Trotzdem werde ich heute nach Peenemünde fahren.«

»Ich kann mir so etwas seit Thorstens Tod nicht mehr angucken«, erwiderte Gabi leise. »Alles, was mit Verlust und Leid zu tun hat, geht mir seitdem zu sehr an die Nieren.« Sie seufzte.

»Du vermisst ihn noch schrecklich«, stellte Jasmin fest.

»Wie am Tag seines Todes. Ich dachte, es wird mit den Wochen und Monaten leichter. Wenigstens mit den Jahren. Die Zeit heilt alle Wunden, sagen alle, aber das stimmt gar nicht.« Sie blickte ihrer Freundin in die Augen und sah so verloren aus wie selten.

Jasmin streckte die Hand nach ihr aus und strich ihr sanft über den Arm. »Und im Winter ist es bestimmt besonders schlimm«, sagte sie mitfühlend.

Gabi schüttelte langsam den Kopf. »Nein, das gehört auch zu den Irrtümern, die dir alle auftischen. Es gibt kein besonders oder weniger schlimm, es ist gleichmäßig furchtbar. Es ist immer so, dass ich morgens nicht weiß, wie ich es ohne ihn durch den Tag schaffen soll, und abends hoffe, dass ich wenigstens von ihm träume. Gleichzeitig habe ich Angst davor, weil ich ihn am nächsten Morgen dann wieder loslassen muss. Daran gewöhne ich mich einfach nicht.« Sie seufzte erneut schwer. »Und täglich grüßt das Murmeltier«, brachte sie kläglich hervor und versuchte ein Lächeln. »Wobei das komödiantische Element in meiner Version leider zu kurz kommt.« Jasmin zerriss es schier das Herz. Ihre beste Freundin, die immer so stark wirkte, war alles andere als unverwüstlich. Und es gab nichts, womit Jasmin ihr helfen konnte. Gabi goss den Tee ein. »So ist es nun einmal. Und jetzt ist wieder genug gejammert«, stellte sie nach einem weiteren tiefen Atemzug fest. »Ich habe mir einen kleinen Schrein in meiner Seele gebaut. Mit allem architektonischen Schnickschnack, versteht sich. Darin bewahre ich meinen Kummer auf.« Sie hatte den Anfall von Traurigkeit abgeschüttelt, jedenfalls äußerlich. »Wie du gemerkt hast, findet er ab und zu den Weg nach draußen. Dann gönne ich ihm etwas Auslauf, bevor ich ihn wieder einsperre.« Sie ging mit ihrer Tasse in die Veranda an ihren Arbeitstisch. »Ich wünsche dir viel Spaß«, rief sie. »Mein Tagesvergnügen liegt darin, Monsieur Fromage die fünfzehnte Version für seinen Anbau zu zeichnen. Ich habe ihm klipp und klar gesagt, dass das die letzte ist. Wenn ihm wieder etwas nicht passt, soll er sich einen anderen Architekten suchen«, rief sie.

Es war ein heißer Tag. Jasmin war nach der nur kurzen Fahrt in den an der nordwestlichen Spitze der Insel gelegenen Ort bereits völlig verschwitzt. Ihr erster Eindruck bestätigte, was Gabi gesagt hatte, es herrschte eine düstere, bedrückende Atmosphäre. Ein riesiger roter Backsteinbau, an dem sie kurz Halt machte, stand da wie ein Mahnmal aus einer Zeit, an die man lieber nicht erinnert werden wollte. Sie ging einmal um das Gebäude herum. Bäume und Gras wuchsen auf dem Dach eines halbhohen Anbaus, von einigen Stellen konnte man nach innen sehen. Ein gespenstischer Anblick: Betongerippe ragten in die Höhe, auf dem Boden lagen Steintrümmer. Das Grün, das sich hier dem massiven Material zum Trotz seinen Weg gebahnt hatte, konnte nur wenig trösten. Sauerstoff hatte man hier produziert, war auf einer Tafel zu lesen, der für Raketenstarts benötigt wurde. Die Anlage war von 1942 bis Kriegsende in Betrieb. Seitdem stand dieser Koloss also hier. Dass er inzwischen denkmalgeschützt war, konnte Jasmin nachvollziehen, dass in direkter Nachbarschaft zwei Einfamilienhäuser standen, machte ihr eine Gänsehaut. Lange hielt sie sich nicht auf, sondern setzte rasch ihren Weg fort und fuhr geradewegs zum Hafen. Der Blick über den Peenestrom zum Festland vertrieb die beklemmende Stimmung. Jasmin atmete den Geruch des Salzwassers ein. Wenn man sich davon doch nur etwas abfüllen und nach Berlin mitnehmen könnte, dachte sie und lächelte. Sie bummelte die Hafenpromenade entlang bis zu einem kleinen Souvenirshop. Hier gab es tatsächlich alles, was sie schon als Kind in den Geschenkeläden an der Küste von Mecklenburg-Vorpommern und auf den Inseln bewundert hatte. Ihre Eltern waren noch lange nach der Wiedervereinigung im Urlaub in Deutschland geblieben. Erst mit sechzehn bekam Jasmin das erste Mal das Mittelmeer zu sehen. Sie erinnerte sich daran, wie überrascht sie war, dort teilweise die gleichen Souvenirs zu finden wie in Norddeutschland. Und nun lagen sie schon wieder vor ihr: blaue und rote Glaskugeln in Netzen aus dickem Tau, Muscheln in Tüten oder Körbchen, Möwen an gefederten Aufhängungen, die nicht mehr auf und nieder zu wippen aufhören wollten, wenn man sie nur einmal angestoßen hatte. Auch die obligatorischen Aschenbecher, Kerzenhalter und Flaschenpost in allen Variationen durften nicht fehlen. Obwohl sie nichts brauchte, hatte Jasmin Lust, etwas mitzunehmen, und entschied sich für eine ovale Keramikschale, in die man eine Fischkonservendose stellen konnte. Mit ihrem kleinen Schatz schlenderte sie in Richtung Museumsstraße und erreichte schließlich den Eingang zum Historisch-Technischen Museum. Weder die Originalteile und Modelle früher Trägerraketen interessierten sie sonderlich noch die Aufzeichnungen und Interviews der Zeitzeugen, die hier unter unmenschlichen Bedingungen hatten schuften müssen. Nicht, dass sie für Politik nichts übrighatte, aber da ging es ihr ein wenig wie Gabi. Das alles war gewiss in höchstem Maße spannend und berührend, nur konnte es einem auch auf das Gemüt schlagen. Sie zog es daher vor, sich mit aktueller Politik zu beschäftigen. Und natürlich mit Kunst. Das war ihr deutlich lieber und bekam ihrer Seele auch sehr viel besser. In diesem Fall ging es um Landschaftsgemälde aus Nowosibirsk. Die Sonderausstellung war in zwei großen Räumen untergebracht. Jasmin ließ sich Zeit, jedes Bild in aller Ruhe zu betrachten. Viele Motive waren ihr deutlich zu kitschig, wie zum Beispiel das kleine Bauwerk mit leuchtend blauem Zwiebeltürmchen inmitten einer Schneelandschaft. Die Tannen und Birken waren für ihren Geschmack zu gleichmäßig angeordnet, die Schneehäubchen glitzerten lieblich und hatten alle die exakt gleiche Größe und Rundung. Da gefiel ihr das Gemälde einer Dampflokomotive, die durch den dichten Wald fuhr und von der nahezu nur Schornstein und Qualm zu sehen waren, erheblich besser.

Während ihre Augen an den Farben und Schattierungen hingen, spürte sie ein Kribbeln im Nacken. Sie kümmerte sich nicht darum, doch es blieb hartnäckig und wurde stärker. Jasmin ging zum nächsten Bild und sah sich dabei möglichst unauffällig um. Beobachtete sie jemand? Da war ein Mann im schwarzen Anzug mit einem gelben Schal, der für die Jahreszeit völlig unpassend erschien. Zwei Frauen, eine davon bestimmt einen Meter und neunzig groß, standen dicht nebeneinander und diskutierten im Flüsterton über jedes Ausstellungsstück. Auch Familien waren da, die den Exponaten allerdings nur wenig Aufmerksamkeit schenkten, und Urlauber, die ihrem Sonnenbrand eine Pause gönnten. Niemand nahm Notiz von ihr. Sie bummelte weiter, blieb lange vor einem Gemälde stehen, das eine alte Bude zeigte, um die sich mächtige hässliche Hochhäuser versammelt hatten. Der Gegensatz war beeindruckend, und das Motiv hatte trotz der dargestellten Betonwüste etwas Lebendiges an sich, als stünden die plumpen Plattenbauten der zerfallenden Hütte wie eine Herde Elefanten einem altersschwachen Huhn gegenüber, über das sie im nächsten Moment hinwegtrampeln würden. Es war nicht sonderlich warm im Museum, trotzdem brach Jasmin der Schweiß aus. Sie fühlte sich unbehaglich und noch immer so, als ob jemand sie im Auge hatte. Wieder wollte sie sich unauffällig umsehen, da stand der Fremde aus dem Niemeyer-Holstein-Atelier auch schon vor ihr.

»Sind Sie es also doch«, stellte er fest, ließ seine Grübchen zu tiefen Kuhlen werden und sah sie beinahe triumphierend an.

»Na, das ist ja ein Zufall«, entgegnete Jasmin.

»Meinen Sie?«

Sie wusste nicht, was sie darauf sagen sollte, also wich sie aus.

»Kein spektakulärer Auftritt, heute?«

Er lachte. »Nein, der Effekt nutzt sich sonst ab.« Er wurde ernster. »Und Sie, was treiben Sie so? Jasmin ist Ihr Name, richtig?«

»Ja.«

»Wo Kunst gezeigt wird, sind Sie nicht weit, was?«

»Ich interessiere mich eben für Malerei.« Warum hatte sie das Gefühl, sich verteidigen zu müssen?

»Aber doch bestimmt nicht ausschließlich.«

»Nein, ich mag auch Skulpturen, Musik …« Wollte er sie etwa aushorchen? Womöglich hatte er vor, sie vor seinen kriminellen Karren zu spannen. Ihr wurde flau bei dem Gedanken.

»Ich meine, beschäftigen Sie sich auch noch mit etwas anderem als mit Kunst? Haben Sie irgendwelche Hobbys?« Schnell setzte er hinzu: »Außer Malen, meine ich.«

»Sie sind ziemlich neugierig, fragen mich nach meinen Interessen aus und haben mir noch nicht einmal Ihren Namen verraten.« Sie sah ihm herausfordernd in die Augen. Er hatte wirklich schöne, sympathische Augen. Die passten nicht zu einem Gauner, dachte sie.

»Stimmt, das war blöd.« Er lachte unsicher. »Ich wollte auf keinen Fall, dass Sie das Gefühl haben, ausgefragt zu werden. Geben Sie mir eine zweite Chance?«

Sie konnte nicht anders, sie musste lachen. Er hatte einen Blick aufgesetzt, der jedem Dackel zur Ehre gereicht hätte. »Na schön«, sagte sie.

»Okay, warten Sie.« Er dachte kurz nach. »Bis zu der Stelle, an der ich mich an Ihren Namen erinnert habe, ist es ganz gut gelaufen, finde ich. Also Jasmin … Sie heißen doch Jasmin?« Er strahlte sie an. Sie nickte. »Wissen Sie noch? Wenn wir uns noch einmal treffen, müssen wir zusammen etwas trinken gehen. Heute begegnen wir uns zum dritten Mal. Das muss begossen werden, ich lade Sie ein.«

Sie zögerte. »Eigentlich wollte ich mir wenigstens alle Bilder einmal ansehen. Ich bin damit noch nicht ganz durch«, gab sie zu bedenken. In Wirklichkeit begeisterte sie die Ausstellung nicht so sehr, dass sie an dieser Stelle nicht hätte abbrechen können. Aber sie wollte es ihm nicht zu leichtmachen. Obendrein war sie unentschlossen, ob es klug war, sich mit ihm einzulassen oder nicht.

»Kein Problem, besichtigen Sie in Ruhe Ihre geliebte Malerei. Ich bin hier. Sagen Sie einfach nur Bescheid, wann Sie so weit sind, mit mir rüber ins Bistro zu gehen.«

»Einverstanden.«

Seine Augen funkelten fröhlich. »Sehr schön, ich freue mich.« Es war unmöglich, ihm das nicht zu glauben. Es fragte sich nur, warum. Jasmin streifte zwischen aufgestellten Staffeleien, Vitrinen und eigens gezogenen und mit Stoff bespannten Wänden herum. Sie ertappte sich dabei, wie sie sich immerzu nach ihm umsah. Er machte keinesfalls den Eindruck, als betrachte er die russischen Landschaften. Sein Blick ging eher in die Ecken der Räume und zu den Fenstern und Durchgängen zu den Fluren. Als würde er die Gegebenheiten ausspionieren. Sie musste sich eingestehen, dass ihr die Vorstellung, es mit einem Dieb zu tun zu haben, immer weniger behagte. Er wirkte so anziehend und charmant, auf eine Art harmlos, die keinesfalls langweilig bedeutete. Es wäre nett, ihn näher kennenzulernen. Am liebsten hätte sie ihm nach fünf Minuten schon gesagt, dass sie genug gesehen hatte. Sie spielte sogar mit dem Gedanken, einen Schwächeanfall vorzutäuschen, bei dem nur hinsetzen und trinken helfen konnten. Nur stünde sie dann ziemlich dämlich da und müsste die Leidende spielen, anstatt nach Herzenslust zu flirten. Also brachte sie die Zeit herum und bemühte sich, den Bildern möglichst viel Aufmerksamkeit zu schenken.

Nach einer halben Stunde spazierte sie betont lässig in seine Richtung. »Ich hab's mir überlegt«, verkündete sie. »Ich habe ja noch eine Woche Urlaub vor mir. Wenn ich Glück habe, regnet es mal, dann komme ich einfach wieder hierher. Aber heute ist es einfach zu schön, um sich in dunklen, kalten Räumen herumzutreiben.«

»Sehr gute Entscheidung, gehen wir.« Bevor er den Ausstellungsraum verließ, blieb er noch einmal stehen und sah zurück. Dann folgte er ihr über den langen Flur, die Treppe hinunter und nach draußen in den Sonnenschein. Sie schlenderten über die Freifläche und setzten sich an einen kleinen runden Tisch. Jasmin hatte in dem kühlen steinernen Gebäude ganz vergessen, wie warm es draußen war. Kaum, dass sie saßen, sprang er wieder auf.

»Hier ist Selbstbedienung, habe ich gar nicht dran gedacht. Ich gehe mal gucken, was im Angebot ist.«

»Kaffee gibt es doch bestimmt. Damit wäre ich zufrieden.«

»Und ein Wasser dazu?« Bevor sie antworten konnte, war er schon auf dem Weg und rief ihr über die Schulter zu: »Mal sehen, vielleicht gibt es leckeren Kuchen.«

Jasmin nutzte die Zeit, sich ein wenig umzuschauen. Das alte Kraftwerk, nicht weniger monströs als das Sauerstoffwerk, an dem sie bei ihrer Ankunft Halt gemacht hatte, die Flugzeuge, Hubschrauber, Raketen samt Abschussrampe, all die brachliegenden Industrieanlagen waren nicht gerade die perfekte Umgebung für einen Urlaubsflirt, ging es ihr durch den Kopf. Schade, der Garten von Lüttenort oder ein hübsches Café in Bansin hätten ihr mehr zugesagt. Immerhin hatten sie schönes Wetter. Jasmin sah den Mann mit großen federnden Schritten zurückkommen. Er balancierte ein Tablett. Wenn das nur gut ging.

»Es gibt Apfelkuchen und Mohnschnecken«, erklärte er. »Ich wusste nicht, was Sie mögen, da habe ich von jeder Sorte ein Stück genommen. Sie dürfen aussuchen, oder wir teilen.«

»Teilen«, entschied sie.

»Sehr schön.« Er lud Teller, Tassen und Wassergläser ab und warf das Tablett achtlos auf den Rasen. »Lassen Sie sich's schmecken.«

»Danke schön.« Sie nahm einen Schluck Wasser. »Wollen Sie mir nicht endlich Ihren Namen verraten?«

»Namen werden überbewertet«, meinte er und konzentrierte

sich auf seinen Kuchen. »Raten Sie einfach, es wird schon passen.«

Ließ er sich denn gar nicht aus der Reserve locken? »Sie sehen aus wie ein Dieter«, versuchte sie es.

Seine Augenbrauen schnellten in die Höhe und legten die Stirn in tiefe Falten. »Dieter? Wirklich? Nein!«

»Doch, ich finde, genau danach sehen Sie aus.«

Anscheinend dachte er über etwas nach. Plötzlich sagte er kauend: »Dieter ist okay. Habe gerade mal überlegt, welche Dieters ich kenne. Die sind alle in Ordnung.«

Sie hob ihre Kaffeetasse an. »Na dann … Dieter«, sagte sie und stieß sanft gegen seine Tasse. Noch hatte sie die Hoffnung, er würde es nicht dabei belassen, aber danach sah es nicht aus. Na gut, nannte sie ihn eben Dieter. Warum nicht?

»Und Sie bleiben noch eine Woche auf der Insel?«, wollte er wissen. »Warum so kurz?«

»Länger als zwei Wochen am Stück will mein Chef mich nicht gerne entbehren. Außerdem muss sich meine Freundin dann wieder von mir erholen.«

»Ach ja, Sie wohnen bei einer Freundin, das haben Sie erzählt.«

»Stimmt, im Gegensatz zu Ihnen habe ich schon einiges von mir verraten.«

»Das ist wahr.« Er lachte unbekümmert und dachte nicht daran nachzuziehen. »Am Schmollensee wohnt sie, wenn ich mich recht erinnere.« Er nickte. Jasmin wusste nicht, was sie davon halten sollte. Es schmeichelte ihr, dass er sich diese Dinge gemerkt hatte, andererseits …

»Ihre Freundin hätte sicher nichts dagegen, wenn Sie länger bleiben würden«, nahm er den Faden wieder auf. »Sie sind bestimmt ein absolut umgänglicher Typ.«

»Wie kommen Sie darauf? Vielleicht gehe ich jedem nach einer Stunde schrecklich auf die Nerven.«

»Glaube ich nicht.« Er schüttelte vehement den Kopf. Dann ging sein Blick an ihr vorbei in die Ferne. Er kniff die Augen zusammen und sah für eine Sekunde irritiert aus. »Sie können sich alleine beschäftigen, das ist die halbe Miete.« Während er sprach, fuchtelte er mit der Kuchengabel in der Luft herum.

»Fehlen aber noch fünfzig Prozent«, stellte sie fest.

»Nein, hundert Prozent schafft keiner. Irgendetwas gibt es immer, was andere stört. Aber Sie wirken fröhlich und unkompliziert.« Er sah sie an. »Wie sollte man Sie nicht mögen?«

»Dankeschön!« Er hatte wirklich Charme, das musste man ihm lassen. Auch wenn er jetzt wieder an ihr vorbeistarrte, als würde ihn etwas von ihrer Unterhaltung ablenken. »Sie leben hier auf Usedom?« Jasmin hatte kaum die Hoffnung, darauf eine Reaktion zu bekommen, mit der sie etwas anfangen konnte, aber einen Versuch war es wert.

»Ja«, gab er gedankenverloren zurück. Dann waren Frage inklusive Antwort anscheinend in seinem Hirn angekommen. »In der Gegend«, ergänzte er rasch. »Entschuldigung, ich bin ein bisschen abgelenkt.« Ihr dezent beleidigter Blick hatte also gesessen. »Daran ist der Typ dahinten schuld. Ich wüsste zu gern, was der vorhat.«

Jasmin drehte sich um und blickte in die Richtung, der Dieters Aufmerksamkeit gehörte. Sie wusste nicht gleich, wen er meinte, denn zunächst sah alles ganz normal aus. Da stand ein Fahrzeug, ein Straßenbahnwaggon vielleicht. Ein Pärchen saß nicht weit davon entfernt im Gras, mehrere Kinder und Erwachsene liefen hin, betrachteten das gute Stück aus der Nähe. Einige gingen hinein, andere kamen wieder heraus. Dann entdeckte sie einen Schopf, der aus dem hohen Gras hinter dem Wagen zu sehen war, abtauchte und dann wieder zu erkennen war.

»Sie meinen den Typen, der da im Gras liegt?«

»Den meine ich«, gab er ernst zurück. Jetzt wirkte er wirklich angespannt, als würde er im nächsten Augenblick aufspringen und losrennen. Und genau das tat er. Der kleine runde Tisch, der zwischen ihnen stand, hatte mit der plötzlichen Bewegung ebenso wenig gerechnet wie Jasmin, die einen spitzen Schrei ausstieß. Der Tisch, der auf dem Rasen ohnehin keinen sehr festen Halt hatte, wackelte, eine Wasserflasche kippte um, das Mineralwasser verteilte sich zwischen Tellern und Tassen und weichte auch den letzten Rest von Jasmins Mohnschnecke auf. Sie starrte abwechselnd auf das Malheur vor sich, zu dem Mann im Gras und zu Dieter, der dummerweise nicht an das Tablett gedacht hatte, das noch immer vor ihm auf dem Rasen lag. Sie wollte ihn warnen, aber alles spielte sich im Bruchteil einer Sekunde ab, und sie bekam keinen Ton heraus. Dieter dagegen nahm das Hindernis im letzten Moment wahr, sprang mit einem langen Satz darüber weg und rannte in beachtlichem Tempo, wie sie fand, auf das linke Ende des Straßenbahnabteils zu. Das Haarbüschel, das zwischen den langen Halmen kaum noch auszumachen war, befand sich am rechten Ende des Wagens. Einige Leute waren aufmerksam geworden und beobachteten die Szene. Auch Jasmin war wie gebannt. Schon war Dieter hinter dem Fahrzeug verschwunden. Gleich darauf erschien er direkt bei dem Mann. Er stand über ihm und schien auf ihn einzureden. Sie wusste nicht, was sie tun sollte. Der Kuchenrest war hin, das Wasser verschüttet, die Kaffeetassen waren ohnehin längst leer. Sie wartete eine Weile, dann räumte sie das Geschirr auf das Tablett und brachte es weg. Was hatte das zu bedeuten?, fragte sie sich. Wenn Dieter zur Diebesbande gehörte, war der andere vielleicht ein Kumpel von ihm, der das Gelände beobachten oder auskundschaften sollte. Vielleicht ärgerte sich Dieter, dass der sich so ungeschickt anstellte.

Unentschlossen ging sie langsam über den Rasen. Das war schließlich öffentliches Gelände. Sie konnte sich den Wagen ansehen wollen. Außerdem musste sie sich noch für die Einladung bedanken, fiel ihr ein. Je näher sie den beiden Männern kam, desto mehr hatte sie den Eindruck, dass sie friedlich miteinander umgingen. Gott sei Dank, eine Schlägerei hätte ihr gerade noch gefehlt.

»Alles in Ordnung?«, rief sie trotzdem schon von weitem.

»Alles bestens«, rief Dieter zurück und lachte. »Entschuldigung, dass ich Sie einfach habe sitzen lassen.« Er stand auf und klopfte sich Halme von der Hose. Der andere wirkte ein wenig blass und verstört. Er hatte eine Kamera mit auffallend großem Objektiv bei sich. »Ein alter Freund«, sagte Dieter und deutete auf den Mann, der große Augen bekam und ihn anstarrte. Etwas stimmte hier nicht. »Ich war nicht sicher, von da hinten konnte ich ihn nicht gleich erkennen, aber er ist es. Zufälle gibt's.«

Jasmin war irritiert. »Sie haben von da hinten …?« Sie drehte sich um und blickte zu dem Tisch, an dem sie eben noch gesessen hatten. Unmöglich. Die Entfernung war viel zu groß, obendrein hatte sich der angebliche Freund ständig versteckt.

Der fing ihren Blick auf und stotterte: »Det is een S-Bahn-wagen der ehemaligen Werkbahn, een Viertelzuch.«

»Ein was?«

»Viertelzug«, wiederholte er. »Trieb- und Steuerwagen. Kommt aus Berlin, dat Ding. Ick wollte een Foto machen, wa? Aba ohne Menschen drauf und ohne Jebäude und die Rakete im Hinterjrund. Det is nich eenfach, dette können Se ma globen. Dafür müssen Se den optimalen Standort finden.«

»Aber Sie stehen nicht«, stellte Jasmin fest.

»Nee, stimmt.« Er lachte kurz. »Von unten sieht's am besten aus. Der richtje Standort, die richtje Perspektive. Denn haste Chancen uff eene Auszeichnung, wa?«

»Was für Sie die Malerei ist, ist für ihn das Fotografieren«, schaltete sich Dieter ein. Der Fotograf hatte ihn offensichtlich völlig vergessen, so sehr war er in seinem Element gewesen. Nun schien er geradezu erschrocken zu sein. »Also, mein Bester«, rief Dieter fröhlich, »dann noch viel Spaß und gutes Gelingen.« Er machte eine Faust und signalisierte ihm damit, dass er ihm den Daumen drückte.

»Ja, danke, mach et jut«, sagte der zögernd.

»Tut mir wirklich leid, jetzt halten Sie mich bestimmt für unhöflich«, begann Dieter zerknirscht, als sie über den Rasen spazierten.

»Nein, nein, schon gut.« Wenn sie nur wüsste, wofür sie ihn halten sollte.

»Doch, Sie sind beleidigt. Mit Recht, ich habe mich wirklich blöd aufgeführt.«

»Ich bin nicht beleidigt«, widersprach Jasmin, »höchstens verwirrt. Als Sie noch am Tisch saßen, sagten Sie, Sie wüssten gern, was der Mann vorhat. Sie haben nicht erwähnt, dass Sie ihn zu kennen glauben.« Jetzt war sie mal auf seine Reaktion gespannt.

»Es ist schon ewig her, dass wir uns das letzte Mal gesehen haben. Ich hatte völlig vergessen, dass es für ihn normal ist, durch die Landschaft zu robben, nur um das perfekte Foto zu schießen.« Er hatte keine Sekunde nachdenken müssen, um zu antworten. Jasmin beschloss, ihm zu glauben. »Schade, jetzt ist der Tisch schon abgeräumt«, stellte er fest.

»Das war ich, ich wusste nicht, wann Sie wiederkommen, ob überhaupt.«

»Tut mir echt leid. Und was jetzt? Wollen Sie noch mal hochgehen zu den Bildern?«

Sie schüttelte den Kopf. »Nein, ich denke, ich mache noch einen Spaziergang am Wasser, bevor ich zurückfahre.«

»Was dagegen, wenn ich Sie begleite? Ich könnte Ihnen das Wellenkraftwerk zeigen.«

»Ich habe davon gehört. Liegt das nicht in der Ostsee, also auf der anderen Seite?« Jasmin orientierte sich kurz und zeigte dann etwa in die Richtung, in der der Strand liegen musste.

»Ja, ist wohl zu weit, was? Ist ja auch nur eine Testanlage. Um ehrlich zu sein, gibt es gar nicht viel zu sehen, aber es wäre ein schöner Spaziergang.«

»Ein ziemlich langer Spaziergang«, korrigierte sie.

»Ja, stimmt.« Sie schlenderten zum Ausgang des Museums. »Wollen Sie wirklich schon gehen?« Er blieb stehen und sah sie unglücklich an. »Ich hab's verpatzt, oder?«

Jasmin wusste nicht recht, was sie sagen sollte. »Was denn verpatzt?«

»Keine Ahnung, ein Date oder ein Rendezvous … Ich habe den Knaben wirklich so lange nicht gesehen, da wollte ich ihm auf jeden Fall guten Tag sagen.«

»Tja, dann haben Sie es wohl eher mit ihm vermasselt. Er machte auf mich einen etwas verstörten Eindruck. Erst stürzten Sie sich halbwegs auf ihn, dann wechseln sie nur ein paar Worte und hauen gleich wieder ab.«

»Ach was, sehr viel hatten wir uns nie zu sagen. Ein kurzes Hallo hat schon gereicht.«

Jasmin wollte noch etwas erwidern, ließ es dann aber bleiben. Gerade war es ihm noch unglaublich wichtig, einen Freund von früher zu begrüßen, dann war ein kurzes Hallo doch wieder genug. Sie wurde einfach nicht schlau aus ihm und wollte jetzt lieber alleine sein.

»Haben Sie für morgen schon etwas geplant?«, fragte er da.

»Noch nichts Festes. Meine Freundin muss arbeiten, sie sagte, dass sie sich erst übermorgen freinehmen würde. Ich müsste noch ein paar Skizzen machen. Eigentlich hatte ich einen Bilderzyklus von Usedom geplant. Bisher habe ich noch nicht viel zusammen.«

»Das ist ja interessant.« Sie waren ganz automatisch nebeneinanderher gelaufen und hatten inzwischen den Hafen von Peenemünde erreicht. Möwen drehten kreischend ihre Runden, ab und zu wehte eine Böe von Osten herüber, die Erfrischung brachte. »Zu welchem Thema?«

Jasmin erzählte von ihrer ursprünglichen Idee. »Ich bin leider noch nicht weit gekommen. Vielleicht verschiebe ich die Bräuche und Sagen und male einfach besondere Orte und Persönlichkeiten der Insel«, überlegte sie laut.

»Das mit den Sitten der Fischer und Seeleute und den vielen Legenden, die Usedom zu bieten hat, finde ich eigentlich ziemlich gut.«

»Eigentlich?«

»Na ja, die Idee mit den Persönlichkeiten und deren Eigenarten gefällt mir auch. Würden Sie dann auch ein Porträt von mir malen?«

»Ich weiß ja nicht einmal, ob Sie ein waschechter Inselbewohner sind, geschweige denn eine berühmte Persönlichkeit.« Sie sah ihn erwartungsvoll an.

»Müssen es unbedingt Berühmtheiten sein? Verschrobene Typen und Originale sind doch viel interessanter.« Er lächelte schief.

»Sind Sie denn ein verschrobenes Original?«

»Es gibt auf ganz Usedom nur einen namenlosen Dieter und keinen zweiten, der so gekonnt stolpern kann, ich schwöre.«

»Überzeugt!« Sie musste lachen. Es wäre schön, ihn zu malen, er hatte ein gutes Gesicht. Seine Nase war ein wenig schief, sonst waren seine Proportionen ziemlich gleichmäßig, ein ideales Modell.

»Na, gucken Sie schon, ob ich auf Ihre Leinwand passe? Ich habe ein ovales Gesicht, einen Eierkopf. Falls die Haare nicht mehr draufpassen, kann ich die auch glatt machen.« Schon machte er sich daran, den kurzen Pony, der heute wieder himmelwärts zeigte, in die Stirn zu ziehen.

»Nicht sehr vorteilhaft«, kommentierte sie. »Außerdem habe ich kein Platzproblem.«

»Gut!« Er strahlte sie fröhlich an.

»Aber Ihre Nase ist schief.«

»Was?« Er griff sich automatisch an die Nase, die er kraus gezogen hatte. »Ehrlich? Ist mir noch gar nicht aufgefallen.«

»Macht nichts«, beruhigte sie ihn. »Ein Gesicht darf nicht perfekt sein, dann wäre es langweilig.«

»Quatsch«, gab er, ohne zu zögern, zurück. Sie hatten das U-Boot erreicht, das am Ende des Hafenbeckens lag. »Sie sehen nun wirklich nicht langweilig aus, dabei haben Sie das perfekte Antlitz«, sagte er mit großer Überzeugung.

Jasmin war verlegen. »Danke für die Blumen«, sagte sie leise. »Aber das habe ich ganz bestimmt nicht.« Er hatte Antlitz gesagt, fiel ihr auf. Was für ein herrlich altmodisches Wort!

»Haben Sie das U-Boot schon besichtigt?«, wollte er wissen.

»Nein.«

»Haben Sie Lust?«

»Lieber nicht. Das ist nichts für mich. Viel zu eng, da bekomme ich hundertprozentig eine Panikattacke.« Sie standen unentschlossen nebeneinander. »Mein Auto steht da hinten«, sagte Jasmin schließlich. »Ich gehe dann mal. Danke für Kaffee und Kuchen.« Sie streckte ihm die Hand hin.

Er hatte einen angenehm festen Händedruck und sah ihr in die Augen. »Tut mir leid, manchmal bin ich wirklich ungeschickt.«

»Ist mir aufgefallen.«

»Nein, ich meine, ich hätte nicht wegrennen sollen. Jetzt haben wir uns gar nicht richtig kennengelernt. Dabei hätte ich mir das wirklich gewünscht.« Nach einer kurzen Pause sagte er etwas leiser: »Sie sind bestimmt schon ganz genervt, weil Sie andauernd von Männern angesprochen werden. Ist ja kein Wunder, wenn man so hübsch ist wie Sie. Aber ich finde Sie nicht einfach nur hübsch, ich finde Sie interessant und sympathisch. Und ich möchte Sie gerne wiedersehen.«

Jasmin spürte, dass ihre Wangen brannten. Wann hatte ihr zum letzten Mal jemand ein solches Kompliment gemacht? Sie knetete die Tüte mit ihrer Keramikschale. »Die Wahrheit ist, dass ich eher nicht von Männern angesprochen werde.«

»Weil die sich nicht trauen. Eine andere Erklärung gibt es nicht«, ließ er sie im Brustton der Überzeugung wissen. »Ich habe eine Idee. Wir treffen uns morgen in Ahlbeck. Ich lasse mir ein ganz besonderes Programm einfallen und verspreche, Ihnen meine ungeteilte Aufmerksamkeit zu schenken. Sie können gleich eine Skizze von der Seebrücke machen. Was halten Sie davon? Das ist immerhin ein besonderer Ort, der etwas mit einer besonderen Familie zu tun hat.«

»Ach, und mit welcher Familie?«

»Die von Bülows haben Ahlbeck zu dem gemacht, was es ist. Sie wissen schon, die Vorfahren von Loriot.«

»Wirklich?« Das war ihr neu.

»Ich bin nicht gerade ein routinierter Reiseführer, aber ein bisschen kenne ich mich aus. Wenn Sie Lust haben, erzähle ich Ihnen mehr darüber. Passt Ihnen drei Uhr?«

Auf dem Heimweg bog Jasmin spontan in Trassenheide ab und fuhr nach Zecherin, einem kleinen Fischerdorf, das Gabi ihr ans Herz gelegt hatte. »Da kannst du ein bisschen ursprüngliches Usedom schnuppern«, hatte sie gesagt. Genau das Richtige nach dieser ebenso eigenartigen wie reizvollen Begegnung, fand Jasmin. Sie war aufgewühlt. Zugegeben, es war nicht gerade ein prickelndes Treffen oder ein heißer Flirt gewesen, doch genau das Unperfekte schätzte sie daran. Sie mochte schräge Details und kleine Makel, nicht nur in Gesichtern, die sie porträtieren wollte. Der namenlose Dieter machte Komplimente, ohne ihr das Gefühl zu geben, er schmierte ihr Honig um den Bart. Er wollte sie wiedersehen. Sie musste tief Luft holen vor Glück und fächelte sich mit einer Hand Kühlung zu. Die andere tanzte locker über das Lenkrad. Jasmin grinste vor sich hin wie jemand, der gerade erfahren hatte, dass sein Los sechs Richtige zu bieten hatte. Nun gut, vielleicht nur fünf Richtige, ein kleiner Zweifel verhinderte, dass die Freude gänzlich ungetrübt war. Es gelang ihr allerdings ganz gut, den für eine Weile zu verdrängen. Sie ließ Mölschow hinter sich, fuhr zwischen Feldern entlang und bog im Ort rechts ab, dann gleich wieder links. Die Dorfstraße führte bis hinunter zum Hafen. Jasmin ließ das Auto unter einem Baum stehen und ging an ein paar Jachten, die auf dem Trockenen lagen, und Fischerbooten, die im Wasser dümpelten, vorbei bis ans Ende des Weges. Dort lag ein Zweimaster, der offenbar gerade gestrichen worden war. Der Schiffsleib glänzte so weiß, dass es in den Augen weh tat. Das Wasser spiegelte ihn nicht einfach nur, sondern tupfte ihm zusätzlich unendlich viele winzige Glitzerpunkte auf. Kleine Wellen murmelten am Fuße des Steges. Jasmin schwebte auf Wölkchen. Vielleicht sollte sie das Segelschiff malen, überlegte sie, wenigstens eine Skizze davon machen, es war ein wirklich schönes Motiv. Besonders durch die Insel im Hintergrund, die im Peenestrom lag und zum Greifen nah aussah. Sie konnte ihre Begeisterung kaum im Zaum halten. Wahrscheinlich hätte sie in diesem Moment alles bezaubernd gefunden. Sie musste lachen.

»He, dat is Privatgelände!« Die Männerstimme klang ganz und gar nicht bezaubernd. Jasmin sah sich um und schirmte ihre Augen dabei mit einer Hand ab. »Wenn Sie angeln wollen, sind Sie schon zu weit gerannt. Da vorne is das Büro.« Der Mann war klein und trug eine Latzhose, die ihm mindestens zwei Nummern zu groß war. Die ausgewaschenen hellblauen Hosenbeine waren aufgerollt, der Latz hing wie ein Beutel vor der schmalen nackten Brust, wie sie feststellte, als sie ihm entgegenging. »Sieht man doch, dass hier Schluss is«, schimpfte er und stemmte die Fäuste in die Hüften.

»Entschuldigung, ich wollte nur einen Blick auf das wunderschöne Schiff werfen. Ich will nicht angeln.«

»Dat is Privatbesitz.« Er neigte den Kopf kurz zur Seite, was wohl bedeuten sollte, dass er den Zweimaster meinte. »Is nich zu verkaufen und auch nich zu vermieten. Und angucken is auch nich.«

»Liebe Güte, mit welchem Fuß sind Sie denn heute aus der Hütte gestiefelt?«, entfuhr es ihr.

»Wat?« Damit hatte der Mann nicht gerechnet.

»Ist doch wahr! Gerade eben hatte ich noch umwerfend gute Laune. Und da tauchen Sie auf und fahren mich derartig an. Ich will Ihr dämliches Segelboot weder kaufen noch mieten.« Sie war inzwischen bei dem Mann angekommen. Er reichte ihr gerade mal bis zum Hals, ein Umstand, der es ihr erleichterte, ihrem Ärger vollends Luft zu machen. »Wie kann man nur so unfreundlich sein? Das ist mir auf Rügen noch nie passiert!« Das war zwar geschwindelt, hatte aber gesessen, damit hatte sie diesen vergrätzten Wicht niedergestreckt. Gabi hatte ihr einmal erzählt, dass die Feindschaft zwischen den Bewohnern der beiden Inseln geradezu legendär sei. Wie es aussah, schien das zu stimmen, stellte sie zufrieden fest.

Das Männlein schnappte nach Luft. »Sie sind aber auch empfindlich«, murmelte er leise und hakte die Daumen in die Träger der Latzhose. »Hab Sie doch gar nich angefahren. Is bloß so, dass hier ständig Touristen rumtrampeln. Die machen vor nix Halt und kennen keine Privatdings. Sie wissen schon.«

»Das kann ich mir allerdings vorstellen«, gab Jasmin zu. »Na dann, nichts für ungut.« Sie war schon an ihm vorbei, da hielt er sie zurück.

»Wissen Sie was von der Insel da?«, fragte er unvermittelt und deutete mit dem Zeigefinger der rechten Hand Richtung Peene, ohne die Hosenträger dabei loszulassen.

Sie blieb stehen und drehte sich um. »Nein, keine Ahnung. Was soll damit sein?«, fragte sie noch immer ein wenig schroff.

»Dat is der Kleine Rohrplan«, sagte er und sah sie an, als müsse ihr nun ein Licht aufgehen.

»Was für ein Plan?« Sie hatte keinen Schimmer, wovon er sprach.

Der Wicht kniff die Augen zusammen und lachte. »Nee, Deern, nich einfach nur Plan, Rohrplan. Von der Insel da sprech ich.« Wieder streckte er den Zeigefinger in die Richtung.

»Ah, verstehe«, meinte sie und bemerkte selbst, wie wenig überzeugend sie klang.

»Dat Fleckchen Erde mitten im Wasser war mal Weideland, genau wie der Große Rohrplan weiter im Norden. Kennen Sie den? Nee, Sie kennen bestimmt den Kleinen Wotig, stimmt's?«

»Nein.« Nun verstand sie überhaupt nichts mehr.

»Die sind verbunden. Der Kleine Wotig mit dem Großen Rohrplan, meine ich. Aber die Leute sagen nur noch Kleiner Wotig. Is ja auch egal, jedenfalls war das alles mal Weideland.«

»Mitten im Wasser?« Sie sah ungläubig zu dem vorgelagerten Streifen Land hinüber, auf dem Schilf im Rhythmus des Windes wogte.

»Klar doch. Bis in die Sechziger ham die das so gemacht. Ham ihr Vieh von Wolgast gebracht, damit sich das hier satt fressen konnte. In der Stadt gibt's ja nix für die Viecher.«

»Das ist ja interessant.« Vor Jasmins geistigem Auge fuhren Flöße vom Festland zu der unbewohnten Insel, mit Kühen und Schafen beladen. Ein wunderbares Motiv.

»Als dat vorbei war, ham die im Norden irgendwann einen Deich gebaut. Die wollten da so 'n Spülfeld machen«, erzählte der Mann und wippte ständig von den Fersen auf die Zehenspitzen und wieder auf die Fersen. »Da tun die denn den Schlamm rein, den sie aus dem Wasser schaufeln. Weiß auch nich, wozu dat gut sein soll.« Er wippte weiter und dachte anscheinend über den Sinn eines Spülfeldes nach.

»Aber hier gibt es keinen Deich, oder?« Sie spähte angestrengt zu der Insel mit dem lustigen Namen, den sie sich nicht hatte merken können.

»Nee, hier im Süden warn wir schlauer.« Seine Lippen zogen sich zu einem breiten Grinsen auseinander. »Wir ham dem Schilf erlaubt, sich auszubreiten. Sehen Sie? Alles voll! Oben im Norden is nix. Nur öde Fläche.« Er nickte.

Jasmin musste schmunzeln. Bisher hatte sie nichts von den Inseln gewusst. Sie waren ihr natürlich aufgefallen, weil sie zwischen Usedom und dem Festland im Peenestrom lagen wie alte Seelenverkäufer, die auf Grund gelaufen waren. Nur hatte sie sich nie weiter mit ihnen beschäftigt. Dass dieser Wicht von denen da im Norden und ihnen hier im Süden sprach, amüsierte sie. Schließlich betrug die Entfernung zwischen den beiden Landfetzen wohl nicht einmal einen Kilometer, schätzte sie.

»Schilf is nützlich«, klärte er sie weiter auf. »Da kannst Biogas draus machen und brauchst keinen Mais für verschwenden. Den sollst man lieber essen.« Erstaunlich, womit er sich offenbar beschäftigte. Wie man sich doch in einem Menschen täuschen konnte, wenn die erste Begegnung unglücklich lief, dachte sie. »Na ja und denn is das natürlich bestes Baumaterial. Kennst du bestimmt von den Dächern.« Er sah zu ihr herauf.

»Reetdächer«, stellte sie fest. »Klar, die kenne ich.«

»Rohrdächer«, korrigierte er sie und warf ihr einen abschätzigen Blick zu. »Wir sind ja nicht auf Sylt.« Jasmin fragte lieber nicht nach, ob es tatsächlich einen Unterschied gab. »Wir ernten hier noch mit Sicheln und Sense, nich mit Maschinen«, erklärte er stolz weiter.

»Wird bald geerntet?« Das Schilf war sehr hoch. Es wäre schön, einmal bei der Ernte zusehen zu können.

Das Männchen lachte. »Nee, Deern, dat dauert noch. Erst muss Frost sein, dat is wie beim Grünkohl.«

»Nehmen Sie mich auf den Arm?«

Er sah an ihr hoch. »Nee, dat lass ich lieber.« Er erzählte ihr, wie das Rohr geschnitten und ausgeschüttelt und dann zu Bünden zusammengefasst wurde. »Dat meiste kommt heute aus Rumänien«, sagte er am Ende seines Vortrags mit einem tiefen Seufzer. Dabei nahm er seine Wippbewegung wieder auf. »Und was weiß ich woher, sogar aus China, glaub ich. Wenn Sie's wirklich interessiert, denn gehen Sie man den Trampelpfad lang, der führt zwischen den Häusern und den Schilffeldern durch. Nach 'ner Weile kommst zu drei Hütten. Da liegen bestimmt noch 'n paar Bünde rum vom letzten Jahr. Die werden immer mal gebraucht auf der Insel, um was auszubessern.«

»Danke für den Tipp!« Er nickte nur. Sie überlegte, dann fragte sie ihn: »Und da darf ich einfach hingehen? Ich meine, die Felder sind doch bestimmt Privatbesitz.« Sie konnte sich ein Grinsen nicht verkneifen.

»Nee, da kannst ruhig langlaufen. Da hat keiner was gegen. Is ja nich wie auf Rügen hier.«

Jasmin war kaum mehr als zweihundert Meter gelaufen, bis sie die Stelle erreichte, von der das Männlein gesprochen hatte. Drei einfache Holzhütten, eine davon war einmal rot gestrichen gewesen, doch die Farbe blätterte bereits stark ab, die anderen waren weiß. Davor ein Steg und tatsächlich ein kleiner Haufen gebündeltes Schilf, in dem es unablässig knisterte und raschelte. Das ursprüngliche Usedom, ging es ihr durch den Kopf. Ein paar Wolken zogen langsam über den hellblauen Himmel, der Steg, den lange keiner mehr benutzt zu haben schien, spiegelte sich in dem glatten Wasser des Peenestroms. Das Festland rundete das Bild mit seinem gelben Strandstreifen und den grünen Wiesen und Bäumen dahinter ab. Jasmin holte ihr Skizzenbuch aus der Tasche. Dies war bestimmt kein Touristenort, aber ein besonderer Ort war es auf jeden Fall. Man konnte meinen, die Zeit sei hier stehengeblieben. Keine Hochspannungsleitung, kein Auto, kein mehrstöckiges Haus, nichts, was dem Beobachter verraten hätte, dass das einundzwanzigste Jahrhundert bereits Gewohnheit war.

Sie lief ein Stück um die Hütten herum, um die richtige Perspektive für ihr Bild zu finden. Da entdeckte sie einen wunderschönen alten Leiterwagen. Von seinem dunkelblauen Anstrich war nicht mehr viel übrig, er musste sicher schon fünfzig oder sechzig Jahre alt sein. Jasmin freute sich über ihre Entdeckung, denn dieses antike hölzerne Transportmittel würde auf ihrem Gemälde ein hübsches Detail abgeben. Nach erneuter Prüfung der Szenerie entschied sie, ganz um die Fischerhäuschen herum bis an das Ufer der kleinen Landspitze zu gehen. Dann konnte sie zwar nicht das Festland, dafür aber Usedoms Küste und den Kleinen Rohrplan als Hintergrund nutzen. Sie ging bis ans Wasser und holte ihren Bleistift hervor. Da sah sie ein Motorrad, das an der Wand einer Hütte lehnte. Es wirkte wie ein Objekt aus einer anderen Welt. Nein, wenn sie Gegensätze sonst auch mochte, würde sie das Motorrad nicht verewigen. Es war zu dynamisch inmitten dieser Ruhe, zu technisch für das Gemälde, das ihr vorschwebte. Hatte sie eben noch das Gefühl gehabt, allein und ungestört an diesem Platz zu sein, schlich sich nun Unbehagen in ihren Bauch, ganz leicht zuerst. Es war das diffuse Empfinden, ein Fremder sei ganz in der Nähe, jemand, mit dem sie gewissermaßen alleine war. Ihre Sinne waren mit einem Mal sensibler als sonst, sie hörte ein ersticktes Klappern, das aus einem der Häuschen drang, da war sie sicher. Ihr Unbehagen wuchs. Vielleicht sollte sie besser verschwinden. Der Wicht, der das Segelschiff bewacht hatte, war nach anfänglichem Schimpfen irgendwie entzückend gewesen. Sie konnte allerdings nicht darauf vertrauen, dass derjenige, der hier wohnte oder etwas zu tun hatte, das ebenfalls war.

Mit schnellen Strichen bannte Jasmin ihre Umgebung auf das Papier und machte sich Notizen, um später die richtigen Farben zu wählen. Sie beeilte sich, blickte konzentriert auf ihr Papier und dann wieder auf die Buden, den Steg, das Wasser, den Schilfhaufen und den Trampelpfad, der vom Feld kommend bis zu dem Eingang der ehemals roten Hütte führte. Das sonst recht hohe Gras sah aus, als sei es gerade erst niedergetreten worden. Wieder blickte sie auf und bekam eine Gänsehaut. Da hatte sich etwas bewegt, am Fenster der roten Hütte. Jemand war da drin, jemand, der sich eilig zurückgezogen hatte, als sie aufgeschaut hatte. Als ob er etwas zu verbergen hätte. Sie schluckte, überlegte, ob sie ihr Skizzenbuch wegstecken und nach Hause fahren sollte. So ein Unsinn, sagte sie sich. Das war ein sehr kleines Holzhaus. Wenn ein Fischer dort seine Netze oder Angeln aufbewahrte, dann war er ständig am Fenster zu sehen, sobald er dort drinnen etwas zu tun hatte. Wahrscheinlich räumte er auf oder bereitete einen Angelausflug für Touristen vor. Alles völlig harmlos. Sie zeichnete letzte eilige Striche auf das Blatt, verstaute dann alles in ihrer Tasche und lief an dem gebündelten Schilf vorbei, ein Kribbeln im Nacken, zu ihrem Auto zurück.

»Du wirst nicht glauben, was ich in der Zeitung gelesen habe!« Gabi trug eine weite Leinenhose und eine überraschend feminine ärmellose Bluse, die im Nacken gebunden war.

»Bitte kein Horoskop!« Jasmin schnaufte gespielt angestrengt. Statt für die Zeitung interessierte sie sich vielmehr dafür, warum ihre Freundin sich so schick gemacht hatte. Ob sie mal wieder ausgehen würden? Sie legte die Tüte aus dem Souvenirshop auf den Tisch und ließ sich auf das halbrunde Sofa fallen, das den Mittelpunkt des Wohnzimmers bildete.

»Von wegen Horoskop. Hier!« Gabi schnappte sich die Tageszeitung und wedelte damit in der Luft herum. Während sie noch den Artikel suchte, erklärte sie: »Die Leiterin des Kunsthandwerker-Ateliers in der Seestraße in Bansin hat bei der Polizei angefragt, ob sie einen besonderen Schutz in Anspruch nehmen könne.« Eben war Jasmin noch erledigt von dem langen und durchaus ereignisreichen Tag in Peenemünde, doch nun wurde sie augenblicklich aufmerksam. »Die erwartet nämlich eine Lieferung von einem total angesagten Bildhauer. Warte mal …« Gabi blätterte, dann hatte sie die richtige Seite endlich gefunden. »Genau, hier steht, sie erwartet eine Skulptur von Moritz Moroni. Sagt dir der Name etwas?«

Jasmin war außer sich. »Moritz Moroni? Natürlich sagt mir der Name etwas. Das ist der bedeutendste zeitgenössische Künstler, den wir überhaupt haben. Er stellt Plastiken aus einem ganz eigenen Materialmix von Papier und Stein her. Absolut umwerfend!«

»Aha«, gab Gabi eher unbeeindruckt zurück. »Der heißt doch nicht wirklich so, oder?«

»Doch!«

»Ja, schon, aber es ist ein Künstlername. Den hat er sich doch ausgedacht, oder nicht?«

»Was spielt denn das für eine Rolle?« Jasmin hatte keine Lust, darüber zu diskutieren. Sie wusste, warum viele Künstler unter einem Pseudonym arbeiteten, und konnte das vollkommen nachvollziehen, aber sie wusste auch, dass nicht wenige Leute dafür kein Verständnis hatten.

»Stimmt, viel interessanter ist, dass dieser Moroni eine Skulptur in dem kleinen Geschäft in der Seestraße ausstellen wird, in dem sich neulich der Kunstdieb so lange herumgetrieben hat«, nahm Gabi den Faden wieder auf.

»Der vermeintliche Kunstdieb«, korrigierte Jasmin.

Die beiden tauschten einen langen Blick.

»Es ist doch wohl klar, was das bedeutet«, fuhr Gabi unbeirrt fort. »Er ist nicht nur ein vermeintlicher, sondern ein überaus aktiver Gangster. Jetzt kommst du nicht mehr drum herum, zur Polizei zu gehen.«

»Nun mal langsam. Es gibt keine Beweise, die ihn belasten.

Dass er neulich in dem Atelier war, besagt noch gar nichts, das waren viele andere auch«, gab Jasmin zu bedenken. Gabi hatte ja recht, und sie selbst hatte ihn am Anfang für verdächtig gehalten, aber jetzt war sie da eben nicht mehr so sicher. Sie wollte sich auf das Wiedersehen freuen ohne Wenn und Aber.

»Du verteidigst ihn, als wärst du plötzlich von seiner Unschuld überzeugt, dabei warst du diejenige, die ihn verdächtigt hat.« Gabi, die gerade eine Schale mit Knabberzeug zurechtmachte, hielt in der Bewegung inne und sah ihre Freundin prüfend an. »Was machst du denn für ein Gesicht?«

»Ich habe ihn schon wieder getroffen.« Wieder tauschten sie einen langen Blick, noch durchdringender und vor allem vielsagender dieses Mal. »Er hat sich im Historisch-Technischen Museum umgesehen.«

»Wollen die etwa auch Bomben klauen?« Gabi war entgeistert.

»Nein, du weißt doch, da war diese Ausstellung über Landschaftsmalerei aus Nowosibirsk. Hast du nicht in deinem täglichen Blättchen davon gelesen?«

»Hat mich nicht sehr interessiert, aber ich erinnere mich.« Sie legte nachdenklich die Stirn in Falten.

»Du hast auch nichts verpasst, wenn du sie dir nicht ansiehst.«

»Da bin ich aber froh.« Gabi verzog spöttisch den Mund. »Habt ihr miteinander gesprochen?«, wollte sie wissen, und Jasmin erzählte ihr alles von der Begegnung. Von seiner Einladung zu Kaffee und Kuchen angefangen bis zu dem Sprint über die Freifläche zu dem Mann im Gras.

»Das ist kein Zufall«, stellte Gabi fest, nachdem sie aufmerksam zugehört hatte. »Es gibt nur zwei Möglichkeiten: Entweder er ist hinter dir her oder hinter kostbaren Dingen.«

»Danke schön, sehr charmant! Bin ich etwa nicht kostbar?« Jasmin zog eine Grimasse.

»Doch, du bist aber kein Ding.«

»Das will ich meinen.« Sie lächelte unsicher. Wie sollte sie Gabi bloß beibringen, dass sie eine Verabredung mit dem namenlosen Dieter hatte? Nicht, dass sie Geheimnisse voreinander hätten, aber Jasmin hatte einfach Angst, dass Gabi ihr in diesem speziellen Fall raten würde, das Rendezvous platzen zu lassen.

»Du hast doch etwas auf dem Herzen. Raus mit der Sprache! Was verschweigst du mir?« Als Jasmin nicht sofort antwortete, setzte Gabi ein breites Grinsen auf. »Hast du ihn hinter den russischen Landschaften vernascht?«

»Sehr witzig! Nein, es hat sich nicht ergeben.« Sie verzog den Mund. Dann rückte sie mit der Sprache heraus: »Wir treffen uns morgen in Ahlbeck.«

Gabi bekam große Augen. »Ach! Na, das ist eine Überraschung. Dann wollen wir mal sehr hoffen, dass er nur hinter dir und nicht hinter irgendwelchen Kunstobjekten her ist.« Wieder grinste sie, dieses Mal weniger frech, dafür sehr liebevoll. »Ich wünsche dir viel Spaß. Aber versprich mir, vorsichtig zu sein, ja?« Im nächsten Moment setzte sie eine angespannte Miene auf und sah zur Uhr. »Gleich sieben Uhr schon«, murmelte sie. »Wo habe ich bloß meine Brille gelassen?« Jasmin zeigte wortlos auf ihren Kopf. Gabi fuhr sich mit einer Hand durch die Haare, mit der anderen fing sie ihre Brille auf, der sie einen Stoß gegeben hatte. »Danke.«

»Mir scheint, du hast auch eine Verabredung. Ich wollte vorhin schon fragen, warum du dich so hübsch angezogen hast.« Jasmin erhob sich stöhnend vom Sofa. Urlaub konnte wirklich ziemlich anstrengend sein.

»Monsieur Fromage kommt gleich«, rief Gabi aus der Loggia. Kurz darauf war sie mit einem Stapel Papier wieder da. »Tut mir wirklich leid, das ließ sich nicht vermeiden.«

»Kein Problem!«

»Ich wollte keine beruflichen Abendtermine machen, solange du hier bist. Aber dieser Mensch hat vorgeschlagen, dass wir heute gemeinsam sämtliche Feinheiten für seinen dämlichen Anbau besprechen, schriftlich festhalten und dann zum Vertrag kommen können. Da konnte ich nicht nein sagen. Ich arbeite jetzt schon seit fünfzehn Wochen an den Entwürfen und Änderungen. Bisher habe ich dafür nur eine Aufwandsentschädigung gesehen. Wenn ich den Auftrag nicht kriege, ist das richtig ärgerlich.«

»Du brauchst dich nicht zu rechtfertigen. Ich kann mich gut einen Abend alleine beschäftigen«, beruhigte Jasmin ihre Freundin. »Der Tag heute war so ausgefüllt, da kommt es mir sehr entgegen, wenn ich heute nur noch ein bisschen male oder lese und dann früh ins Bett gehe.«

»Sehr schön. Und eine gute Idee, immerhin brauchst du deinen Schönheitsschlaf.« Sie zwinkerte ihr zu und lief mit den Papieren wieder zurück in die Loggia. Der Auftrag musste ziemlich wichtig sein, wenn Gabi so zerstreut war.

Jasmin verbrachte einen entspannten Abend auf der Terrasse. Sie nutzte das Tageslicht, um ihre Skizze aus Zecherin auf eine Leinwand zu übertragen. Dabei musste sie wieder an den kleinen Mann mit der großen Latzhose denken. Sie lächelte bei der Erinnerung. Auch das Motorrad bei den Hütten fiel ihr wieder ein und das unangenehme Gefühl der Nähe eines fremden Menschen, der sie womöglich die ganze Zeit beobachtet hatte. Als die Dunkelheit, begleitet vom rhythmischen Sirren der Zikaden, Einzug hielt, setzte sie sich mit einem Glas Wein in den Liegestuhl. Es war noch immer sehr mild, genau richtig, um sich im Freien aufzuhalten und den Duft der Ostsee, der ihr mit einem Mal besonders intensiv erschien, zu genießen. Aus der Loggia hörte sie die Stimmen von Gabi und Monsieur Fromage. Die beiden lachten viel, es machte den Eindruck, als würden sie sich einig werden. Ihr Lachen und Reden hatte Jasmin noch im Ohr, als sie gegen Mitternacht in ihrem Bett lag und augenblicklich einschlief.

Eine Fliege weckte sie, die wohl durch das geöffnete Fenster hereingekommen war und sich abwechselnd auf Jasmins auf der Bettdecke liegende Hand und ihre Wange hockte. Schon nach neun Uhr! Um diese Zeit war Gabi normalerweise längst auf den Beinen, hatte Musik eingeschaltet, das Frühstück gemacht und klapperte so laut mit dem Geschirr, dass Jasmin wach wurde. Ihr Arbeitstag begann meist gegen sieben Uhr, zwei Stunden später hatte sie üblicherweise Hunger. Heute war noch nichts von ihr zu hören. Jasmin reckte sich. Sie hatte gut geschlafen und verrücktes Zeug geträumt. Irgendwie war der namenlose Dieter vorgekommen, ihr wollte aber partout nicht mehr einfallen, in welchem Zusammenhang das gewesen war. Sie ging in die Küche und stolperte beinahe über zwei leere Weinflaschen, die neben der Tür auf dem Boden standen. Wenn Gabi und der Käsemann die gemeinsam geleert hatten, war es nicht erstaunlich, dass ihre Freundin heute verschlief. Sie füllte Kaffeepulver in die Maschine, einen Löffel mehr als gewöhnlich, das konnte sicher nicht schaden. Dann legte sie Wurstscheiben in Wellen und ordnete Käse dazwischen an. Das Ganze dekorierte sie mit Radieschen und Tomatenvierteln und stellte den Teller zusammen mit Marmelade, Honig und den übrigen Dingen bereit. Sie würde schnell ins Bad gehen, sich anziehen und den Frühstückstisch decken.

Kaum eine Viertelstunde später war Jasmin wieder in der Küche, lud das Tablett voll und trug es an den großen Esstisch. Sie stellte alles an seinen Platz und summte fröhlich vor sich hin. Plötzlich hörte sie aus dem Wohnzimmer ein rasselndes Geräusch, dann Röcheln, kurz Stille und den Bruchteil einer Sekunde später ein vernehmliches Schnarchen. Sie fuhr zusammen. War Gabi etwa auf dem Sofa eingeschlafen? Nach ihrer Freundin hatte das allerdings nicht geklungen, sondern eher nach einem Wildschwein. Jasmin schlich sich auf Zehenspitzen zur Couch. Da lag Monsieur Fromage unter einer dünnen Wolldecke. Er trug ein Unterhemd und offenbar keine Hosen, denn die lagen vor dem Sofa auf dem Fußboden. Jasmin zog die Augenbrauen nach oben und schmunzelte in sich hinein. Wenn das keine Überraschung war! Sie schlich zurück und zu Gabis Schlafzimmer. Nach einem vorsichtigen Klopfen trat sie ein. Von ihrer Freundin war nur der kurze grau-braune Schopf zu sehen. Wie hielt sie das nur aus, die Bettdecke bis über die Nase gezogen? Es war schon sehr warm draußen und entsprechend stickig im Haus.

»Aufwachen, du Langschläferin«, sagte Jasmin leise und berührte das, was vermutlich Gabis Schulter war. Die knurrte nur und versuchte, sich auf die andere Seite zu drehen. Doch sie war in die Decke gewickelt wie eine Mumie, verhedderte sich nun anscheinend vollständig und schimpfte vor sich hin. Es war kein einziges Wort zu verstehen, ihre Stimme war ohnehin noch nicht einsatzbereit, obendrein klang sie durch das Federbett ziemlich dumpf. Nur der Tonfall verriet, dass sie mürrisch war.

»Los, hoch mit dir«, kommandierte Jasmin ungerührt. »Du musst arbeiten. Nehme ich jedenfalls an. Außerdem ist das Frühstück fertig, die Sonne scheint, es wird ein herrlicher Tag. Ach ja, und da liegt ein Mann in deinem Wohnzimmer.«

»Verdammt!« Gabi schoss hoch, die Decke flog zum Fußende des Bettes.

»Keine Angst, es ist nur der Käsemann«, beruhigte Jasmin sie.

»Natürlich der Käsemann, wer denn sonst?« Gabi schwang die Beine aus dem Bett und fuhr sich mit beiden Händen durch die Haare. »Ich wollte unbedingt vor dir aufstehen und ihn rausschmeißen. Du hättest das gar nicht mitkriegen müssen.«

»Du hast also etwas zu verbergen«, flötete Jasmin belustigt.

»Ach Quatsch, es ist überhaupt nicht so, wie du denkst.«

»Ich glaube, das ist der Satz auf der Welt, der am häufigsten nicht stimmt.«

Gabi stöhnte. Sie schlüpfte in eine Hose, die sie sonst wahrscheinlich nur zum Yoga trug, und warf sich ein passendes sportliches Hemdchen über.

»Siehst du, du denkst es. Genau das wollte ich verhindern. Ich kümmere mich um ihn. Sei bitte so taktvoll, uns noch eine Viertelstunde alleine zu lassen. Dann ist er weg, ich verspreche es.«

»Du kannst ihn doch nicht brutal rausschmeißen. Warum kann er nicht in Ruhe einen Kaffee mit uns trinken?«

»Weil seine Frau ihn dann umbringt. Ist das ein Argument?«

»O Mist, er ist verheiratet!« Daran hatte Jasmin gar nicht mehr gedacht. Dass Gabi sich – völlig überraschend – mal wieder mit einem Mann eingelassen hatte, war wunderbar, aber musste es ausgerechnet ein Ehemann sein?

»Problem erkannt.« Gabi war schon halb aus dem Zimmer. »Nein, das ist kein Problem, zumindest nicht meins. Ich erkläre dir alles nachher in Ruhe, jetzt sehe ich erst mal zu, dass ich ihn schnellstens wach kriege.« Weg war sie.

Jasmin nutzte die Zeit, um Rührei mit frischen Kräutern zu machen. Das würde ihrer Freundin gut bekommen. Während sie in der Pfanne rührte, hörte sie gedämpfte Stimmen. Es dauerte keine zehn Minuten, bis Gabi in der Küchentür erschien.

»Die Luft ist rein.« Sie schnupperte. »Apropos Luft … das duftet herrlich, da läuft mir glatt das Wasser im Mund zusammen, obwohl ich dachte, ich würde nichts runterkriegen.«

»Dann mal los!« Jasmin füllte das Ei in eine Schüssel und trug es zum Esstisch. »Konnte er überhaupt schon wieder Auto fahren?«, fragte sie und grinste.

»Er kann schon, ob er schon wieder darf, ist die Frage.« Gabi seufzte. »O Mann, was für eine Nacht!«

»Ich will Details hören.«

»Die sind nicht halb so spannend, wie du erwartest. Pierre hat mir gestanden, dass er mich mit Absicht, nein, sogar mit Vorsatz betrunken gemacht hat.«

»Soso, Pierre …« Jasmin warf ihr einen tiefen Blick zu. »Und du sagst, es ist nicht spannend?«

»Um mir sein Herz auszuschütten. Er hat mich und natürlich sich selbst abgefüllt, um sich einmal seinen gesamten Kummer von der Seele reden zu können. Der Alkohol sollte dafür sorgen, dass er sich das traut und dass ich mich am nächsten Morgen nicht mehr erinnere. Wie du merkst, klappt es in meinem Fall nicht.«

»Was hat er denn so Schreckliches auf dem Herzen?«

»Seine Frau macht ihm das Leben zur Hölle. Sie war seine absolute Traumfrau. Für sie hat er in Frankreich eine vielversprechende Karriere hingeworfen und ist nach Usedom gekommen. Er sagt, sie habe sich nach der Hochzeit schlagartig verändert. Vorher hat sie ihn verwöhnt, sich ihm angepasst, immer darauf geachtet, dass es ihm gutgeht. Doch seit sie seinen Ring trägt, engt sie ihn ein, macht ihm Vorschriften und denkt nur noch an ihr eigenes Wohl.«

»Wieso hat er ausgerechnet dir das erzählt? Oder anders gefragt: Kann es sein, dass er es auf dich abgesehen hat? Männer erzählen gerne das Märchen von der unglücklichen Ehe, um eine Frau rumzukriegen.«

Gabi lachte und nahm sich die zweite Portion Rührei. »Da bist du auf dem völlig falschen Dampfer. Er hat es mir erzählt, weil er mir unbedingt sein Hin und Her wegen des Anbaus erklären wollte. Daran ist nämlich sie schuld. Sie will eine repräsentative offene Feuerstelle und ein riesiges Fenster. Erst will sie Balken haben, die sichtbar sind und damit zum alten Teil des Hauses passen, dann möchte sie doch lieber Stuck oder alles ganz modern und puristisch. Dabei hat sie überhaupt nicht kapiert, was er will, beziehungsweise es kümmert sie einen feuchten ... du weißt schon. Er legt total Wert auf eine ökologische Bauweise. Das entspricht absolut seiner Lebensweise. Überleg mal, der verarbeitet nur Milch aus ökologischer Landwirtschaft, kauft nur solche Weine, da ist es nur konsequent, wenn er beim Bauen auch auf diese Aspekte achtet.« Sie kaute und hob hilflos die Schultern. »Aber ihr ist das alles völlig egal.«

»Behauptet er«, wandte Jasmin vorsichtig ein.

»Warum soll er sich das ausdenken?« Bevor Jasmin darauf antworten konnte, sprach Gabi weiter: »Er denkt, ich stehe auf Frauen. Hab ich dir doch gesagt, dass das viele hier denken. Ihm hat's irgendjemand erzählt. Er meinte, er hätte das Gefühl, dass er mit mir deshalb besonders offen über private Dinge reden könnte. Es bestünde schließlich keine Gefahr, dass zwischen uns etwas laufen würde.« Sie grinste breit. »Obwohl er das etwas bedauert, hat er gesagt.«

»Und du? Hast du ihm reinen Wein eingeschenkt?«

»Er hat mir Wein eingeschenkt, und zwar jede Menge. Ich habe schön meinen Mund gehalten.« Sie trank Kaffee und sah mit einem Mal nachdenklich aus. »Er ist schon ein guter Typ, hat tolle Einstellungen, eine gute Lebensauffassung. Ein bisschen wie Thorsten.« Sie lächelte. Jasmin war überrascht. Noch nie hatte Gabi einen Mann mit Thorsten verglichen. »Es tut mir so leid, dass er so unglücklich ist mit seiner Frau. Die hat ihn überhaupt nicht verdient.«

»Ich weiß schon, warum ich nicht verheiratet bin«, meinte Jasmin.

»Ich auch. Und es liegt nicht daran, dass du nicht willst.« Manchmal konnte Gabi aber auch wirklich furchtbar geradeheraus sein.

Ahlbeck

Jasmin hatte Herzklopfen, als sie – viel früher als mit Dieter verabredet – in dem mondänen Seebad eintraf. Sie war zwar keine
sechzehn mehr, hatte aber die sprichwörtlichen Schmetterlinge
im Bauch wie ein Teenager. Sie schlenderte die Promenade entlang in Richtung Seebrückenplatz. An der Jugendstiluhr wollten
sie sich treffen. Meine Güte, wie wenig originell, dachte sie. Hätte
nur noch gefehlt, dass sie als Erkennungszeichen eine rote Rose
im Knopfloch vereinbart hätten. Hatten sie aber nicht, denn sie
hatten sich inzwischen oft genug gesehen. Wenn sie schon seinen Namen nicht wusste und auch sonst nichts über ihn hätte sagen können, würde sie ihn wenigstens erkennen. Jasmin fächelte
sich nervös Luft zu. Es war erst halb drei. Sie konnte schlecht
eine halbe Stunde wie festgewachsen neben der Uhr stehen. Viel
lieber wollte sie, dass er zuerst da war. Sie beschloss, ein wenig an
den Strand zu gehen. Von dort würde sie ihn sehen und könnte
dann so tun, als sei sie eben erst angekommen.

Der feine Sand fühlte sich wunderbar unter den nackten Füßen an, er war angenehm warm und weich. Ihre Sandalen mit
den kleinen Absätzen in der Hand, ihre Tasche über der Schulter, flanierte sie vorbei an Strandkörben und Urlaubern, die
auf ihren Handtüchern lagen und sich sonnten. Sie spazierte in
Richtung Heringsdorf, dessen Seebrücke man deutlich erkennen
konnte. Bei jedem Schritt bohrte sie ihre Zehen in den nachgie-
bigen Untergrund. Der Wind spielte mit dem weiten Rock ihres

Sommerkleides. Ihr war ganz leicht und unbeschwert zumute. Kaum war sie einige Meter gegangen, drehte sie sich um und spähte zu dem Platz mit der Uhr, an dem sie verabredet waren. Noch war er nicht zu sehen, es war ja auch noch immer viel zu früh. Die Fahnen auf der hölzernen Brücke, die zum berühmten Gaststättenpavillon mit dem roten Dach und den vier weißen Türmchen führte, flatterten fröhlich. Es wehte beständig eine Brise, die diesem Tag eine herrliche Frische verlieh. Sie lief noch ein Stück, drehte dann aber um. Nur nicht zu weit laufen, in Eile geraten und am Ende womöglich ins Schwitzen kommen. Zwei Kinder fielen ihr auf, die zwischen zwei Strandkörben eine Sandburg bauten. Erstaunlich, üblicherweise entstanden solche Bauwerke nahe der Wasserlinie. Diese beiden Kinder hatten sich einen davon weit entfernten Bauplatz ausgesucht. Ihr Vater hatte anscheinend die Aufgabe, für sie zwei kleine Eimer immer wieder mit Ostseewasser zu füllen und sie ihnen zu bringen. Es war eine Freude, den beiden zuzusehen. Das Mädchen mochte etwa sieben oder acht Jahre sein, der Junge höchstens vier. Mit großen Augen hörte der Knirps den Anweisungen seiner Schwester zu und machte sich dann daran, diese umzusetzen. Er klopfte die Umrandung des Gebäudes fest, das mit seinen vier Türmen sehr an den Seebrückenpavillon erinnerte. Seine Schwester korrigierte oder lobte ihn, je nachdem, was sie für angebracht hielt. Sie gingen ausgesprochen liebevoll miteinander um und waren derartig in ihr Tun vertieft, dass sie nicht einmal bemerkten, wie Jasmin sie beobachtete. Sie ging weiter. Zwei Mädchen kamen in ihr Blickfeld, die sich lautstark um irgendein elektronisches Spielzeug zankten. Es mochte Ausnahmen geben wie die beiden Sandburgenbauer, aber im Großen und Ganzen waren Kinder nun einmal nicht friedlich und sanft. Ein Leben ohne diese kleinen Plagegeister war erheblich entspannter, redete sie sich ein. Dann musste Jasmin an Gabis Worte denken. Dass sie nicht verheiratet war, lag tatsächlich nicht daran, dass sie nicht wollte. Auch Kinder hätte sie gern, wenn sie ganz ehrlich war. Im Grunde war Jasmin ein romantischer Typ. Sie wünschte sich eine Hochzeit in Weiß, vielleicht an einem malerischen Ort wie diesem. Sie blieb stehen und blickte zur Seebrücke. Sie stellte sich vor, wie sie dort stand in einem Kleid mit langer Schleppe, der Wind würde mit ihrem Schleier spielen, die Sonne scheinen wie jetzt. Sie seufzte. Dann stellte sie sich Carsten, ihren letzten Verflossenen, als Bräutigam vor. Es war, als schiebe sich eine fette Regenwolke vor die Sonne. Sie probierte es mit Volker. Nein, das funktionierte auch nicht. Die Liste ihrer Exfreunde war nicht unendlich lang, aber beschränkte sich auch nicht auf Volker und Carsten. Dummerweise war keiner darauf zu finden, mit dem das Bild des glücklichen Hochzeitspaares perfekt gewesen wäre. Natürlich nicht, sonst hätte sie sich nicht immer wieder trennen müssen. Sie blickte aufs Meer, auf die Wellen, die kraftvoll und gleichmäßig auf das Land rollten. Was stimmte nur nicht mit ihr, dass ihre Beziehungen noch nie länger als ein Jahr gehalten hatten? Noch einmal sah sie hinauf zu dem Restaurantpavillon, malte sich aus, wie all ihre Freunde an runden Stehtischen Sekt auf ihr Wohl tranken. Ob der namenlose Dieter als Bräutigam in ihrer Vorstellung bestehen konnte? Nein, das war natürlich Unsinn, er war ein Urlaubsflirt. Höchstens. Mit einem Mal wurde ihr abwechselnd heiß und kalt. Sie hatte vollkommen die Zeit vergessen. Gerade drei Uhr. Jasmin war erleichtert, alles in Ordnung. Sie ging langsam zwischen Düne und Brücke auf den Vorplatz zu, ihre Nervosität hielt sie sorgfältig hinter ihrer Sonnenbrille versteckt.

Da war er. Er trug ein weißes Hemd zur Jeans und ging gerade am berühmten Ahlbecker Hof vorbei, auf dessen Terrasse sich Palmen in großen Terrakottatöpfen im Wind wiegten. Mit seinem federnden Gang, dem gerade so weit geöffneten Hemd, dass es nicht albern, sondern ziemlich sexy aussah, wirkte er umwerfend lässig. Sie hatte schreckliches Lampenfieber. Da half nur eins: nicht lange zögern, sondern hingehen und das Eis brechen. Flucht wäre ohnehin keine Lösung mehr gewesen, denn er hatte sie gerade entdeckt.

»Hallo! Schön, dass Sie gekommen sind.«

»Sie haben versprochen, sich etwas ganz Besonderes einfallen zu lassen. Das konnte ich mir doch nicht entgehen lassen.«

»Sie sehen toll aus, das Kleid steht Ihnen sehr gut.«

»Danke schön.« Jasmin freute sich. Ihre Nervosität löste sich spürbar auf.

»Sind Sie bereit für unseren Ausflug?«

Sie runzelte überrascht die Stirn. »Ich dachte, Sie wollten mir etwas über Ahlbeck und die Seebrücke erzählen.«

»Später. Mir ist etwas viel Besseres eingefallen. Schlüpfen Sie in die Schuhe, wir haben einen langen Spaziergang vor uns.«

Sie hockte sich auf das niedrige Mäuerchen direkt vor der Standuhr, die bestimmt schon hundert Jahre alt war. Sorgsam wischte sie sich den Sand von den Füßen. Dabei überlegte sie, ob sie sich auf einen Gewaltmarsch einlassen oder protestieren sollte. Ihm war anzusehen, wie sehr er sich auf den Ausflug, wie er sich ausgedrückt hatte, freute. Jasmins Freude hielt sich in Grenzen. Sie hatte die Riemchensandalen mit dem Absatz nur gewählt, weil sie davon ausgegangen war, nicht viel laufen zu müssen. Die Schuhe sahen toll aus, waren für lange Wege allerdings nicht geeignet.

»Was verstehen Sie unter einem langen Spaziergang?«, fragte Jasmin, als sie den zweiten Fuß penibel von Sandkörnchen befreite.

»Wir laufen nach Swinemünde.«

»Wie viele Kilometer sind das?«

»Keine Ahnung. So vier oder fünf, nehme ich an.«

»Eine Strecke?«

»Ja. Ist das ein Problem? Ah, verstehe, die Schuhe sind hübsch, aber Sie können nicht darin laufen, richtig?«

»Doch, die sind total bequem«, schwindelte sie. »Aber es sind eben keine Wanderschuhe. Ich konnte ja nicht ahnen, dass Sie mich über die Landesgrenze scheuchen wollen.«

»Meinen Sie, eine Strecke geht in den Dingern?« Er deutete auf ihre Sandalen. »Dann laufen wir hin und fahren zurück. Einverstanden?«

»Ja, hört sich gut an.« Sie sah auf. Er streckte ihr die Hand hin. Jasmin schlüpfte in den zweiten Schuh, nahm seine Hand und stand auf. Er blieb dicht vor ihr stehen und behielt ihre Hand in seiner.

»Ich habe eine Bitte. Heute keine Fragen, okay? Kein: Wie heißen Sie? Kein: Wo wohnen Sie? In Ordnung?« Sie war mehr als irritiert. Bevor sie etwas dazu sagen konnte, sprach er weiter: »Und fragen Sie jetzt nicht, warum! Ich habe meine Gründe, warum ich das von Ihnen verlange.« Er sah ihr tief in die Augen. »Bitte!«, wiederholte er eindringlich.

»Na gut«, gab sie zögernd zurück. »Das ist zwar etwas eigenartig, gelinde gesagt, aber wenn es Ihnen so viel bedeutet …«

»Eigenartig, aber auch reizvoll, finden Sie nicht?« Sie spürte seine Nähe, roch sein Aftershave. Er trug keine Sonnenbrille, so dass sie ihm direkt in die schönen braunen Augen sehen konnte.

»Das wird sich zeigen«, sagte sie ausweichend.

Er wollte etwas entgegnen, öffnete den Mund und atmete ein, da kam eine Fliege mit ziemlichem Schwung summend auf ihn zu. Jasmin wollte etwas sagen, ihn warnen, aber es war schon zu spät. Das Insekt verschwand zwischen seinen Lippen und nahm wahrscheinlich geradewegs den Weg in seinen Rachen. Auf der Stelle fing er an zu husten.

»Warum muss immer mir so etwas passieren?«, brachte er mühsam hervor, hustete und röchelte noch immer, als wolle er die Fliege loswerden, die er vermutlich längst verschluckt hatte. Angewidert verzog er das Gesicht.

»Stimmt«, sagte sie lachend. »Sie sind eigentlich gar nicht der Typ dafür. Ich meine, einen Tollpatsch, dem ständig Missgeschicke passieren, stellt man sich doch anders vor.« Sie spazierten zur Dünenstraße und bogen links ab. Zwischen Grünanlagen auf der einen und Jugendstilvillen auf der anderen Seite machten sie sich auf den Weg.

»Ach ja? Wie zum Beispiel?« Ab und zu räusperte er sich noch, doch er hatte sich von dem Schreck der lebendigen Zwischenmahlzeit anscheinend wieder erholt.

»Ich weiß nicht genau. Jedenfalls nicht männlich-attraktiv. Sie wirken eher souverän, als ob Ihnen so etwas nie passiert.«

»Sie finden mich also männlich und attraktiv? Und sonst noch? Reden Sie gerne weiter! Ich höre Ihnen zu.« Er grinste verschmitzt.

»Das ist nicht fair. Ich darf Ihnen keine Frage stellen, aber Sie fragen mich schon wieder aus.«

»Überzeugt«, sagte er nach einer kurzen Pause. »Sie dürfen mich auch etwas fragen. Zum Beispiel, wie Sie auf mich wirken.«

»Besser nicht!« Sie winkte ab. »Momentan bin ich etwas aus der Form geraten, vorsichtig ausgedrückt. Wahrscheinlich würden Sie mich höflich als vollschlank oder Wuchtbrumme beschreiben. Nein danke!« Sie schnaufte. Schnell setzte sie hinzu: »Ich war früher nicht so moppelig. Hatte in letzter Zeit viel Stress, dann futtere ich immer, als gäbe es kein morgen.«

»Moppelig?« Er blieb stehen. »Was soll das denn heißen? Sie finden sich doch nicht etwa zu dick?« Er rollte mit den Augen und sah aus, als gehe ihm dieses Thema gewaltig auf die Nerven. »Bitte, sagen Sie mir, dass Sie nicht zu den Frauen mit Wahrnehmungsstörung gehören, die ständig an sich herummäkeln, obwohl sie einen perfekten Körper haben.« Jasmin setzte zum Widerspruch an, aber er ließ sie nicht zu Wort kommen. »Sie haben weibliche, attraktive Rundungen an den genau richtigen Stellen, würde ich sagen.« Ohne Vorwarnung machte er sich wieder auf den Weg. Jasmin musste sich beeilen, um mit ihm Schritt zu halten. »Wahrscheinlich glauben Sie auch noch, dass Ihre Haare schlecht sitzen, oder?« Woher wusste er das? »Ich habe eine Schwester, ich kenne das gesamte Programm«, entgegnete er, als habe er ihre Gedanken gelesen. Er schüttelte den Kopf. »Frauen!«, stieß er resigniert aus.

»Jetzt übertreiben Sie aber. Ich meine, ich bin ja gar nicht dauernd unzufrieden. Hab nur ein bisschen zugelegt. Wenn ich wieder zu Hause bin, mache ich wieder regelmäßig Sport, dann ist das ganz schnell erledigt.« Schön wär's, dachte sie.

»Welche Sportart machen Sie?«

»Volleyball«, antwortete sie ohne zu zögern …

»Wirklich? Ich auch. Vielleicht können wir zusammen am Strand spielen, wenn Sie Lust haben.«

»Tolle Idee. Allerdings muss ich meiner Freundin auch etwas Zeit widmen, und ich will ja noch malen …« Außerdem ist es mindestens elf Jahre her, dass ich das letzte Mal gespielt habe, ergänzte sie im Geiste.

Die Grünanlagen zu ihrer Linken waren inzwischen von einem Kiefernstreifen abgelöst worden. Immer wieder kamen sie an Strandzugängen vorbei. Nachdem sie ein Hotel passiert hatten, das wie eine kleine Burg das Ende der strandnahen Bebauung markierte, breitete sich der Wald zu beiden Seiten der Dünenstraße aus.

»Was macht Ihre Freundin hier auf Usedom? Ich meine, beruflich.«

»Sie ist Architektin.«

»Oh, interessant.«

»Ja, finde ich auch. Sollte ich jemals zu Geld kommen, würde ich mir von ihr ein Haus bauen lassen. Sie ist wirklich gut, hat ungewöhnliche Ideen.«

»Und Sie? Was machen Sie, wenn Sie nicht im Urlaub sind? Sie leben nicht von der Malerei?«

Jasmin lachte auf. »Nein, oje, da würde ich verhungern.« Ein paar Möwen segelten über die Kiefern hinweg. Das Rauschen der Wellen war von dem dichten Grün etwas gedämpft. Sie überlegte, ob sie ihm ihren Beruf verraten sollte. Dann entschied sie sich dagegen. »Ich dachte, wir wollten uns heute nichts fragen, zumindest nicht so etwas. Fanden Sie das nicht reizvoll?«

»Irgendwie schon, ja.« Das klang nicht gerade überzeugend.

Eine Weile liefen sie schweigend nebeneinanderher. »Ich dachte, in Swinemünde gibt es nur den Grenzmarkt«, sagte Jasmin in die Stille. »Sagen Sie nicht, der ist das Ziel unserer Wanderung.«

»Doch. Alle lieben den Markt. Sie etwa nicht?« Er sah sie entsetzt an.

»Ich war erst einmal da. Umgehauen hat er mich nicht, wenn ich ehrlich bin.«

Sein schockierter Gesichtsausdruck wich einem breiten Grinsen. »Wir kommen daran vorbei, aber dafür habe ich Sie nicht auf Ihren niedlichen Schuhen so weit laufen lassen. Wir haben die Grenze übrigens schon hinter uns. Haben Sie es gemerkt?«

»Nein.« Sie war überrascht, dann fiel ihr ein, dass sie einen breiten Weg überquert hatten, bevor sie Richtung Markt abgebogen waren.

»Ist das nicht toll, dass man einfach von Deutschland nach Polen spazieren kann? Als ich ein Kind war, ging das noch nicht.«

Sie nickte. »Stimmt. Ich habe mir fest vorgenommen, irgendwann mal die Küste weiter nach Osten zu reisen bis hinauf nach Danzig. Soll eine sehenswerte Stadt sein.«

»Sie waren noch nicht da?« Er sah sie prüfend an.

»Nein, irgendwie bin ich noch nicht dazu gekommen. Alleine habe ich auch nicht gerade große Lust zu einer Tour dorthin.«

»Sie haben keinen Freund?«

»Nein.« Beiläufig fügte sie hinzu: »Mein Mann würde das nicht gerne sehen.«

Er zog die Stirn kraus. »Sie sind verheiratet?«

»Trauen Sie mir das nicht zu?« Sie lachte.

»Doch, natürlich, aber Sie tragen keinen Ring. Und Sie verbringen Ihren Urlaub alleine bei einer Freundin.«

»Gut beobachtet.«

»Außerdem haben Sie mir die Chance auf ein zweites Rendezvous gegeben, nachdem ich das erste verdorben hatte. Sie sind nicht der Typ, der sich einen Ferienflirt gönnt, wenn zu Hause ein Ehemann wartet.«

»Also schön, Sie haben mich durchschaut. Ich bin nicht verheiratet.«

Er atmete auf. »Da bin ich aber froh.«

Der Markt bestand aus kleinen Buden, in denen es in erster Linie Zigaretten, Kleidung und Musik-CDs gab. Aber auch handgeflochtene Körbe in allen Größen und Formen wurden angeboten.

»Sie müssen einmal im Spätsommer oder Herbst herkommen«, riet er ihr. »Dann gibt es Beeren und Pilze, Steinpilze, Maronen und Pfifferlinge zu sehr niedrigen Preisen.«

»Kochen Sie gern?«, wollte sie wissen.

»Kommt darauf an. Wenn ich Zeit habe, koche ich schon gerne, ja. Aber ich hasse es, wenn ich vom Dienst komme und eigentlich nur noch die Füße hochlegen will.« Er stockte. Beinahe hätte er wohl verraten, was er beruflich machte. Jasmin hätte um ein Haar gefragt, doch schon fing sie einen warnenden Blick von ihm auf und ließ es lieber bleiben.

»Ganz entzückend«, sagte sie, um das Thema zu wechseln, und deutete auf eine bestickte Schürze. Gleich daneben hingen Büstenhalter an einem Metallgitter. »Lieber Himmel«, rief sie. »Was sind das denn für Körbchengrößen. Da kriegt man ja Angst!« Ein Paar in ihrer Nähe drehte sich zu ihr um und lachte. Von allen Seiten erntete sie amüsierte Blicke. »Hier verstehen wohl alle Deutsch, was?«, flüsterte sie ihm zu.

»Klar. Die meisten Polen im Grenzgebiet sprechen unsere Sprache, aber hier auf dem Markt laufen sowieso überwiegend Deutsche herum.«

Sie kamen an einen Stand mit Holzschnitzereien und schweren gewebten Wandbehängen. Die Stücke entsprachen nicht im Geringsten Jasmins Geschmack, waren aber handwerklich hervorragend gearbeitet. Sie trat einen Schritt näher heran.

»Guter Preis«, tönte es augenblicklich aus einer Ecke der kleinen Verkaufshütte. Jasmin hatte den Mann gar nicht gesehen, der auf einem Hocker zwischen einer geschnitzten Madonna und einem hölzernen Leuchtturm gesessen hatte. »Ist diese Geschäft viele billiker als andere billike Geschäfte«, verkündete er.

»Oh, da kann ich kaum widerstehen.« Sie lächelte freundlich. »Blöderweise sind wir zu Fuß hier. Ich kann unmöglich eines dieser Kunstwerke bis nach Heringsdorf schleppen.«

»No hast du Mann mit. Kann derr schleppen. Sonst ich kann auch besorrgen Transporrt. Ist kein Problem.«

»Das ist wirklich nett. Vielleicht beim nächsten Mal.« Jasmin nickte dem Verkäufer zu und ging rasch weiter. Auf keinen Fall würde sie sich noch irgendetwas hier aus der Nähe ansehen und damit womöglich ein Kaufinteresse signalisieren, beschloss sie.

»Sie können gut lügen«, meinte der namenlose Dieter, den sie heute nicht so nennen mochte, nachdem er sie gebeten hatte, nicht von seinem Namen und seiner Herkunft zu sprechen. »Von wegen Heringsdorf.«

»Danke, dass Sie mich nicht verraten haben.«

»Gern geschehen. Danke, dass Sie mich nicht schleppen lassen.«

»Ebenfalls gern geschehen. Wir sind quitt.«

Sie liefen zwischen den Buden entlang, das Angebot wiederholte sich. Jasmin taten die Füße weh. Blasenpflaster gab es hier wohl nicht. Wie konnte sie ihm klarmachen, ohne ihn zu kränken, dass sie von seinem Ausflugsprogramm schon die Nase voll hatte?

»Sammeln Sie eigentlich auch Kunstgegenstände?«, fragte er da unvermittelt. Er sah sie an. »Ich meine, das ist doch naheliegend, wenn man so viel davon versteht. Ich könnte mir gut vorstellen, dass man auch ein paar kostbare Stücke besitzen möchte. Einzelstücke meine ich, um die einen jeder andere Kenner beneidet.« Er ließ sie nicht aus den Augen. Wollte er ihr etwas zwischen den Zeilen sagen? Man konnte wirklich den Eindruck gewinnen.

»Keine Ahnung, was Sie meinen. Jeder hat doch wohl das eine oder andere Bild zu Hause.«

»Natürlich, aber davon rede ich nicht. Ich rede von Raritäten, auf die man besonders stolz ist, weil sie schwer zu beschaffen und eben einzigartig sind. Wenn man sich sehr viel mit solchen Objekten beschäftigt, taucht der Wunsch, einige davon zu Hause zu haben, von ganz allein auf, stelle ich mir vor.«

»Na, Sie scheinen eine Menge Fantasie zu haben. Was Sie

sich so vorstellen. Ich kaufe jedenfalls nichts, wenn Sie darauf hinauswollen«, gab sie schroffer als beabsichtigt zurück. »Ich sorge lieber selbst dafür, dass es in meiner Wohnung ein paar Objekte gibt, auf die ich stolz bin.« Seine Antwort war ein kaum erkennbares Nicken. Im nächsten Moment hellte sich seine ernste Miene auf. Er zeigte auf einen Stand mit Unterwäsche in wiederum beeindruckender Größe. »Wollen Sie etwas kaufen, oder gehen wir weiter zur Promenade?«

»Promenade!«

Die Häuser auf dem Weg zum Strand waren überwiegend grau und trostlos. Geschmacklose Klötze, von denen Putz und Farbe abbröckelten. Ganz anders sah es an der Promenade aus. Dort erwarteten sie Villen im Stil der Bäderarchitektur. Nicht alle waren gut in Schuss, viele jedoch strahlten die Eleganz einer vergangenen Epoche aus.

»Swinemünde muss einmal wunderschön gewesen sein«, erzählte Dieter. »Leider existieren viele Bauwerke nicht mehr. Die Seebrücke zum Beispiel. Sie soll noch hübscher gewesen sein als die von Ahlbeck. Es gab auch einen Pavillon mit zwei hohen Türmen als Portal. Davon ist nichts mehr übrig.« Er zuckte mit den Schultern. »Wussten Sie, dass der Vater von Theodor Fontane hier Apotheker war?«, fragte er nach einer Weile.

»Nein, das wusste ich nicht.«

»Lesen Sie Fontanes *Kinderjahre*, dann werden Sie viel über Usedom, Wollin und speziell über Swinemünde erfahren.«

»Haben Sie es gelesen?«

»Nein.« Er verzog ertappt das Gesicht. »Ein guter Freund von mir ist Fremdenführer, er legt das Buch seinen Gästen immer ans Herz. Ich dachte, ich kann ein bisschen Eindruck schinden, wenn ich es erwähne, weil Sie doch so auf Kunst und Kultur stehen.«

»Das gibt einen Punkt für Ehrlichkeit«, sagte sie lachend. Dann sah sie ihn übertrieben leidend an. »Richtig Eindruck schinden können Sie, wenn Sie mir die Apotheke zeigen. Offen gestanden bin ich nicht scharf darauf, den Arbeitsplatz des alten

Dichtervaters zu sehen. Aber ich habe die Hoffnung, dass es dort Blasenpflaster gibt.«

»So schlimm?« Sie nickte. »Wir finden schon etwas«, munterte er sie auf. »Wollen Sie sich einhaken?«

»Nein, danke, noch kann ich alleine laufen.« Weit musste sie glücklicherweise nicht mehr humpeln.

»Am besten gehen wir hinüber an den Strand«, schlug er vor. »Sie können Ihre Füße im Wasser abspülen. Das wird zwar etwas brennen, dafür sind die offenen Stellen dann aber sauber, bevor das Pflaster darauf kommt.«

»Gute Idee.« Es brannte höllisch, als sie ihre geplagten Füße in die Wellen der Ostsee tauchte. Zu allem Überfluss fiel ihr ein, dass sie einmal gelesen hatte, man solle nicht mit offenen Wunden im Meer baden, weil die Infektionsgefahr nicht unerheblich sei. Na toll, wahrscheinlich entzündeten sich die Stellen, und sie konnte in den nächsten Tagen keine Schuhe mehr anziehen. Jasmin verdrängte den Gedanken und konzentrierte sich lieber auf Dieters Nähe. Er hielt sie fest, während sie auf einem Bein balancierte und dann, nachdem sie ihre gemarterten Fersen gesäubert hatte, auf Zehenspitzen zurück zur Promenade tippelte. Dort angekommen, führte er sie zu einer Bank, holte eine Packung Taschentücher hervor und tupfte behutsam ihre Füße trocken.

»Geht es?« Er sah sie mitleidig an.

»Ja, danke, Sie machen das toll.« Er lächelte und klebte auf jede ihrer Fersen ein Pflaster.

»Die Promenade ist übrigens vor ungefähr zwei Jahren komplett fertiggestellt worden. Man kann jetzt von hier bis nach Bansin laufen, ohne einmal abbiegen zu müssen. Das sind ungefähr zwölf Kilometer.« Sie sah ihn ängstlich aus großen Augen an.

»Keine Sorge!« Er lachte. »Ich habe unsere Abmachung nicht vergessen. Zurück wird gefahren.«

»Danke, das rechne ich Ihnen wirklich hoch an.« Sie zog ihre Sandalen wieder an und stand auf. Nach ein paar vorsichtigen Schritten stellte sie fest: »Herrlich, ich bin gerettet.«

»Ich denke, um eine Planänderung komme ich trotzdem nicht

herum. Eigentlich wollte ich Ihnen nämlich die Engelsburg zeigen. Es gibt da eine Dauerausstellung mit Glas und auch sehr schönen Bernsteinschmuck. Das hätte Sie bestimmt interessiert. Aber bis zur Burg ist es von hier noch ein ordentliches Stück zu laufen.«

»Schade, das hört sich wirklich gut an. Tut mir leid, dass ich Ihre Pläne durchkreuze.«

»Es ist wirklich schade. Ich bin sicher, es hätte Ihnen gefallen. Die Ausstellungen sind in den Gewölben. Das ist eine tolle Atmosphäre. Und ich hätte Sie sehr gerne in das Café dort eingeladen. Macht nichts, lassen wir uns eben wieder zurückbringen.« Jasmin ärgerte sich, dass Sie sich für das falsche Schuhwerk entschieden hatte. Glücklicherweise schien Dieter flexibel zu sein und sich über die Programmänderung nicht zu ärgern.

Sie bummelten ein Stück auf dem neu angelegten Weg entlang, der stellenweise durch einen breiten Waldstreifen vom Meer getrennt war, bis zu einem kleinen Kiosk, vor dem zwei Fahrradrikschas standen.

»Darf ich bitten?« Dieter deutete auf die mit rotem Kunstleder bezogene Sitzbank und reichte ihr galant den Arm. Jasmin kletterte in das ungewöhnliche Gefährt. Der Fahrer tat ihr jetzt schon leid, andererseits gab es in der Gegend keine nennenswerten Steigungen. Und das Fahrrad schien technisch auf der Höhe zu sein, er würde also schon zurechtkommen. Sie hatte keine Lust, sich darüber den Kopf zu zerbrechen, entschied sie, während Dieter mit einem jungen Mann in kurzer enganliegender Hose und einem orange-türkisen ärmellosen Hemd über den Preis verhandelte.

»Alles klar? Kann's losgehen?«, fragte er sie, nachdem er ebenfalls eingestiegen war.

»Gerne!« Sie saßen dicht nebeneinander, sie spürte sein Bein durch den dünnen Stoff ihres Kleides an ihrem. Auch ihre Arme und Schultern berührten sich. Ein gutes Gefühl. In gemächlichem Tempo ging es vorbei an Familien mit fröhlich hüpfenden Kindern, an alten Herrschaften, die auf den Bänken ausruhten, und an Pärchen, die verliebt den Sommer genossen. Jasmin fühlte sich sehr wohl. Plötzlich fiel ihr etwas ein. »Haben Sie die Höhle von Störtebeker eigentlich gefunden?« Sie sah ihn an, und er wandte sich ihr zu, so dass sich ihre Gesichter aufgrund der Enge sehr nah waren.

»Nein. Was ist mit Ihnen?«

»Mit mir? Ich habe gar nicht danach gesucht.«

»Das hörte sich neulich aber ganz anders an. Wenn ich es richtig in Erinnerung habe, sagten Sie, Sie seien auf der Suche nach dem Eingang zur Räuberhöhle.«

»Ist das ein Verhör?« Sein Ton hatte wirklich so geklungen.

»Nein, nein, ganz bestimmt nicht. Ich dachte nur, Sie wären auch hinter den Spuren des alten Freibeuters her gewesen.«

»Hinter Spuren ja, aber nicht unbedingt hinter einer finsteren Höhle, die ohnehin kein gutes Motiv für ein Bild abgegeben hätte.« Jasmin zögerte, dann fragte sie: »Was wollten Sie in der Höhle?«

Seine Lippen zogen sich zu einem breiten Grinsen auseinander. »Jungs lieben so etwas. Unterirdische Gänge, Piratenschätze, das klingt nach Abenteuer.«

»Ich wusste nicht, dass die Begeisterung auch bei großen Jungs anhält.«

»Kommen Sie, Sie wollen mir doch nicht erzählen, Sie kennen sich mit Männern nicht aus.« Er machte große Augen. »In jedem Mann steckt ein Kind, daran ändert sich nichts, egal, was der Personalausweis behauptet.«

»Auf Ihren Pass würde ich gern mal einen Blick werfen«, sagte sie nachdenklich.

»Kann ich mir vorstellen. Aber Sie dürfen nicht danach fragen. Heute nicht.« Seine Schadenfreude war nicht zu übersehen. Dann wurde er wieder ernster. »Vielleicht beim nächsten Mal.« In seinem Gesicht lag die Frage, ob es ein nächstes Mal geben würde.

»Ich lasse mich überraschen«, gab sie zweideutig zurück.

Eine Weile sagte keiner von ihnen etwas. Sie sahen dem Fahrer zu, wie er kräftig in die Pedale trampelte. Seinen Waden nach zu urteilen, war er gut im Training. Gar keine schlechte Idee, sein Geld zu verdienen, während man sich sportlich betätigte. Und für die Gäste war es eine äußerst angenehme Art der Fortbewegung, fand Jasmin.

Zurück in Ahlbeck, schlenderten sie auf die Seebrücke, und Dieter erzählte ihr von Oberforstmeister Georg Bernhard von Bülow, der für die Ansiedlung vieler Fischer und damit für das Wachstum des kleinen Ortes Aalbach, wie Ahlbeck früher einmal hieß, gesorgt hatte.

»Er gilt als Schöpfer von Ahlbeck und Heringsdorf«, berichtete er. Wie dieser von Bülow mit dem gleichnamigen Humoristen verwandt sei, konnte er ihr nicht sagen. »Aber alle sind mächtig stolz darauf, dass es ein Vorfahr von ihm gewesen ist.« Er berührte zart ihren Arm und machte Anstalten, die Seebrücke schon wieder zu verlassen. »Kommen Sie, gehen wir etwas essen.«

»Könnten wir nicht hier …?«

Er schüttelte den Kopf und rümpfte die Nase. »Nein, der Pavillon verspricht von außen mehr, als das Restaurant halten kann. Die wissen, dass viele Gäste magisch angezogen werden, und müssen sich darum in der Küche keine Mühe geben.« Er hob beide Hände. »Zumindest war es so, als ich das letzte Mal hier war. Aber das ist schon lange her. Ich kann nicht beschwören, dass es noch immer so ist, trotzdem möchte ich auf Nummer sicher gehen und Ihnen die Enttäuschung ersparen.«

»Gehen wir eben woanders hin, kein Problem. Aber bevor wir der Brücke den Rücken kehren, möchte ich Sie noch schnell porträtieren. Darf ich?«

Er zögerte. »Das meinen Sie doch nicht ernst.«

»Doch, natürlich. Haben Sie es etwa nicht ernst gemeint, dass ich Sie malen soll?«

»Na ja, ich weiß nicht.« Er schob die Hände in die Hosentaschen wie ein kleiner Junge. Wenn sie sich nicht täuschte, hatten seine Wangen sogar einen rosigen Schimmer angenommen. Aber das konnte natürlich auch von der Sonne kommen.

»Keine Widerrede. Ich verspreche Ihnen auch, Ihre Nase nicht ganz so schief zu malen, wie sie in Wirklichkeit ist.«

»Noch ein Wort, und ich verspreche Ihnen, dass ich Sie über die Schulter werfe, bis ans Ende der Brücke trage und über das Geländer in die Ostsee werfe.«

»Wenn ich es recht bedenke, ist Ihre Nase gar nicht schief. Das muss eine optische Täuschung gewesen sein. Sie ist sogar sehr schön, geradezu perfekt«, erwiderte Jasmin lachend. »Und Ihre Augen ... Habe ich erwähnt, dass Sie unglaublich schöne Augen haben?« Wieso war ihr das denn jetzt herausgerutscht? Sie wurde verlegen.

»Vorsicht!« Er hob drohend die Hand und deutete hinter sich, wo die Holzbrücke weit in das Meer ragte. »Nicht über mich lustig machen, sonst ...«

»Mach ich nicht«, unterbrach sie ihn. »Sie haben wirklich schöne Augen«, sagte sie leise und wusste nicht recht, ob sie hoffte, dass er es gehört hatte oder ob sie gerade das Gegenteil erhoffte. »Sehen Sie da hinüber!«, befahl sie, drehte sich kurz um und suchte nach einem Punkt, den er fixieren sollte. »Am besten behalten Sie den Ahlbecker Hof im Blick. Und jetzt stillhalten, dann dauert es auch nicht lange.« Ungeniert durfte sie ihn ansehen, sich ganz in die Lachfältchen vertiefen, die seine Augen einrahmten, die Lippen betrachten, die sich gegen die leicht gebräunte Haut rosa abhoben. Er hatte sehr weiße Zähne und dunkle Bartstoppeln am Kinn und oberhalb der Oberlippe. Seine Unsicherheit war nicht zu übersehen. Sie wuchs mit jedem Blick, den er von neugierigen Passanten auffing.

»Sind Sie bald fertig? Die gucken alle. Die denken bestimmt, ich bin irgendein berühmter Mensch.«

»Oder sie denken, Sie sind ein Usedomer Original, ein verschrobener Typ, der trotz seiner schiefen Nase gerade noch auf das Papier passt.«

»Na warte!« Er machte einen Satz auf sie zu, rutschte aus und machte einen beachtlichen Spagat. Jasmin musste lachen, denn es sah ziemlich drollig aus, wie er mit den Armen in der Luft ruderte und sich gerade noch halten konnte.

»Nicht bewegen«, rief sie um Atem ringend. »Meine Skizze ist doch noch gar nicht fertig.«

»Tja, Pech gehabt«, gab er ungerührt zurück. »Dann müssen wir uns eben noch mal treffen, damit du weitermalen kannst. Ich stehe hier doch nicht länger Modell, wenn ich dabei ver- äppelt werde.«

Sie packte Skizzenbuch und Bleistift in die Tasche. »Vielleicht kriege ich es auch aus dem Kopf fertig.«

»Umso besser. Gehen wir essen? Ich habe Kohldampf. Und du?«

»Ja, ich könnte auch etwas vertragen.« Sie folgte ihm zur Dü- nenstraße, die sie ein Stück entlanggingen. »Jetzt duzen wir uns also«, stellte sie beiläufig fest. »Und dabei kenne ich noch immer nicht deinen Namen.« Er warf ihr einen drohenden Blick zu, der ihr jedoch keine Angst einjagte, so, wie er dabei lächelte. Trotz- dem sagte sie: »Ist ja schon gut. Du ohne Namen ist immerhin ein bisschen leichter als Sie ohne Namen.«

»Na also.«

Er führte sie in ein italienisches Restaurant, dessen Eingang etwas versteckt in einer Gasse lag, die von der Dünenstraße ab- ging. Jasmin war zuerst ein wenig enttäuscht, denn sie hatte ge- hofft, einen Tisch mit Blick auf das Meer zu ergattern. Sie stiegen eine Treppe hinauf, gingen durch den kleinen Gastraum und traten hinaus auf eine großzügige Terrasse. Da hatte sie ihren Meerblick.

»Es ist wunderschön hier oben. Das Restaurant ist mir nie aufgefallen, es ist so unscheinbar. Ich hätte nie gedacht, dass es über eine so traumhafte Dachterrasse mit derartig spektakulärer Aussicht verfügt.«

»Es ist auch ein echter Geheimtipp.« Er zwinkerte ihr zu. »Es zahlt sich eben aus, mit jemandem unterwegs zu sein, der sich hier auskennt.« Wie selbstverständlich schob er ihr den Stuhl zurecht und ließ sie Platz nehmen, bevor er sich setzte. »Eigentlich wäre mir ein typisch norddeutsches Restaurant lieber gewesen«, sagte er. »Ich weiß nicht, warum immer alles mediterran oder orientalisch sein muss. Die Leute machen doch hier Urlaub, weil sie diese Region mögen, oder nicht?«

»Es gibt aber nicht nur Urlauber«, gab Jasmin zu bedenken. »Die Einheimischen wollen bestimmt ein bisschen Abwechslung und nicht immer nur die Küche aus Mecklenburg-Vorpommern.«

»Da könntest du natürlich recht haben.«

Der Kellner kam und brachte die Speisekarten. »Ciao, André«, begrüßte er den namenlosen Dieter fröhlich. Jasmin sah von einem zum anderen und schmunzelte zufrieden.

»Ciao, Paolo, come stai?« Die beiden Männer tauschten ein paar Sätze aus, bevor Paolo, ein Italiener, wie er im Buche stand, mit schwarzem, glänzendem Haar und dunklen, sehr lebendigen Augen, sie alleine ließ.

»Du heißt also André und sprichst fließend Italienisch«, stellte Jasmin triumphierend fest. »Es war sehr leichtsinnig, mich hierher mitzunehmen.«

Er zuckte gleichgültig mit den Schultern. »Aus meinen großartigen Sprachkenntnissen mache ich kein Geheimnis, ich bin doch nicht blöd. Damit kann ich dich bestimmt beeindrucken. Und ob das mit dem Namen stimmt? Vielleicht ist André nur der Name, den ich hier benutze.«

Sie rollte mit den Augen. Schon war Paolo mit zwei hohen schlanken Gläsern zurück, in denen eine helle Flüssigkeit vielversprechend perlte.

»Signora«, sagte er und schenkte ihr ein umwerfendes Lächeln. »Prego!« Nachdem er auch André ein Glas serviert hatte, sagte er: »Salute!«, nickte ihnen zu und ging.

»Es ist nicht zu früh für Alkohol, oder?« André warf ihr einen betont unschuldigen Blick zu.

»Die Frage kommt ein bisschen spät«, erwiderte sie. »Vielleicht hätten wir erst einmal Wasser trinken sollen.«

»Können wir hinterher immer noch.«

»Willst du mich betrunken machen?«

»Eine reizvolle Vorstellung.« Er sah ihr tief in die Augen, während er sein Glas griff. »Auf dein Wohl!« Ohne den Blickkontakt abreißen zu lassen, stieß er mit ihr an. Diese ausdrucksvollen braunen Augen, der Blick auf das Meer und der Duft des Salzwassers, dazu das helle Klingeln des Kristalls, das vom Rauschen der Ostsee und dem leisen Murmeln des Windes eingerahmt wurde, all das machte sie ganz benommen. Sie fühlte sich, als habe sie bereits einen Schwips, bevor sie auch nur einen Schluck genommen hatte.

»Du bist ganz schön mutig«, stellte sie fest. Er sah sie fragend an. »Erst führst du mich hierher, wo man dich offensichtlich kennt, dann flößt du mir Alkohol ein, obwohl du gar nicht weißt, wie ich mich aufführe, wenn ich etwas getrunken habe. Vielleicht bin ich total peinlich.«

»Dann sage ich einfach, ich muss mal auf die Toilette und lasse dich sitzen.«

»Sehr nett, danke schön.«

»Außerdem bestelle ich zum Essen sowieso nur Wasser.« Er legte den Kopf schief. »Erst mal.«

Nachdem sie die Bestellung aufgegeben hatten, unterhielten sie sich über das Leben auf einer Insel und die Eigenheiten, die es im Gegensatz zu dem Leben in einer Metropole mit sich brachte. Jasmin erzählte, wie groß die Umstellung für Gabi am Anfang und manches Mal auch jetzt noch war.

»Lebt deine Freundin alleine?«

»Ja.«

»Ich hätte wetten können!« Er schlug mit der flachen Hand auf den Tisch. »Warum sind so viele Frauen alleine? Habt ihr zu hohe Ansprüche?«

»Sie war verheiratet. Ihr Mann ist gestorben.« Jasmin erzählte von Thorsten und davon, wie perfekt die beiden als Paar gewesen waren. »Die beiden haben immer voneinander gesagt, der andere sei die bessere Hälfte. Und interessanterweise stimmte es auch bei beiden.« Sie lächelte traurig. »Sie hatten beide ihre Defizite und Macken, die der andere perfekt ausgeglichen hat. Ist dir schon einmal etwas in zwei Teile zerbrochen, und du hast die beiden Stücke aneinandergehalten und kaum noch gesehen, dass es einen Bruch gibt? So war es mit Thorsten und Gabi. Klingt kitschig, aber zusammen haben die zwei eine vollkommene Harmonie ausgestrahlt, die jeder gespürt und auch jeder gemocht hat.«

»Wie kommt sie mit dem Verlust klar?«

Jasmin zuckte mit den Schultern. »Es ist schwer, aber sie versucht, tapfer zu sein. Sie sagt immer: Du kannst die Vögel auch bei Regen singen hören, du musst nur die Ohren spitzen.«

»Ein kluger Satz.«

»Sie ist ja auch eine kluge Frau.« Eine Weile schwiegen sie, und Jasmin dachte, dass sie Gabi das einmal sagen musste. Sie hielt sie wirklich für eine kluge und bewundernswerte Frau. Ihre Freundin hatte es verdient, das auch einmal gesagt zu bekommen.

»Das Leben kann schon richtig gemein sein«, sagte er in ihre Gedanken. »Es gibt so viele, die sich auseinandergelebt haben und es nur noch aus Gewohnheit miteinander aushalten. Andere wechseln ständig den Partner, weil sie bei jeder Kleinigkeit weglaufen. Wenn ich mich so umsehe, stelle ich fest, dass die meisten heute alles haben wollen, einen perfekten Partner, der aber bitte auch Ecken und Kanten haben soll. Sympathische, liebenswerte Kanten, versteht sich. Und er soll einen glücklich machen. Nur von sich selber erwarten die Leute nichts mehr. Dabei ist man doch zu einem guten Teil selbst für sein Glück verantwortlich, oder nicht?«

»Irgendwie schon.« Jasmin dachte darüber nach, dann sagte sie: »Aber eben doch nur zu einem Teil. Es gibt so viele Faktoren, die man nicht beeinflussen kann. Was soll man zum Beispiel machen, wenn einem der Richtige nicht über den Weg läuft? Oder er tut es, und man verliert ihn wieder?« Sie sah auf. Ihre Blicke trafen sich, und sie merkte, wie sie eine Gänsehaut bekam.

Dieser Mann, der erst vor wenigen Tagen in ihr Leben gestolpert war, gefiel ihr mehr, als sie gedacht hatte. Es fühlte sich gut an, mit ihm zusammen zu sein. »Was ist mit dir? Hast du eine Freundin?«, fragte sie schnell, bevor sie der Mut wieder verließ.

Er heftete seinen Blick auf die Tischplatte und sah dann auf die Ostsee hinaus, bevor er antwortete. »Nein, ich gehöre wohl auch zu den Überanspruchsvollen.« Jasmin war froh, dass er sie nicht wieder ermahnt hatte, ihm keine Fragen zu stellen. Sie freute sich, dass er die Spielchen, seien sie auch noch so charmant, endlich einmal beiseiteschob und ihr anscheinend ernsthaft Auskunft gab. Darum wollte sie ihn auch nicht unterbrechen oder unter Druck setzen. Sie wartete, doch er machte keine Anstalten, mehr von sich preiszugeben. »Jedenfalls ist es ganz schön unfair, dass deine Freundin ihren Mann verliert, den sie wirklich geliebt hat, während all diese farblosen Alltagsbeziehungen, diese Zweisamkeitsnotlösungen miteinander viel älter werden, als ihnen lieb ist«, lenkte er von sich ab.

Die Stunden flogen dahin wie Minuten. Als André sich die Rechnung bringen ließ, ging die Sonne gerade unter. Jasmin stand auf und trat an das schmiedeeiserne Geländer. Sie sah aufs Meer, über dem sich der Himmel violett gefärbt hatte. Für eine Sekunde schloss sie die Augen, um dieses Bild aufzubewahren. Sie versuchte, alles ganz fest in sich einzuschließen, den salzigherben Duft, das Rauschen, das Gefühl der milden Luft, den Anblick der Wellen, die auf den Strand rollten und ihn dunkel anmalten. Da spürte sie, dass er hinter sie getreten war. Sie drehte ihm das Gesicht zu.

»Darf ich?«, fragte er und legte ihr die Hände behutsam auf die Schultern. Sie nickte. Daraufhin ließ er seine Hände ihre Arme hinabgleiten und zog sie dichter an sich. Er hielt sie ganz fest, seine Finger in ihre verschränkt. Da war ein Kribbeln in ihrem Bauch, dass sie am liebsten geschrien oder gelacht hätte. Gleichzeitig fühlte es sich unendlich vertraut an, wie sie eng beieinander standen, seine Wärme und Kraft in ihrem Rücken.

»Du meine Güte, du strahlst wie ein Honigkuchenpferd!« Gabi zog die Augenbrauen hoch und setzte einen mitleidigen Blick auf wie eine Krankenschwester, die gerade sehr hohes Fieber bei einem Patienten gemessen hatte. Sie frühstückten an diesem Morgen auf der Terrasse, es war Gabis freier Tag.

»Ach, Gabi, ich fühle mich wie ein Teenager, der zum ersten Mal verknallt ist.«

»Verknallt oder verliebt?« Sie sah ihre Freundin über ihre Brille hinweg an.

»Das ist mir völlig egal, jedenfalls fühlt es sich großartig an!«

»Soso, und was genau war nun so großartig?« Sie grinste. »Ich will Details.«

»Einfach alles!« Sie fing Gabis spöttischen Blick auf und knuffte sie. »Du bist doof.« Nach einer Weile setzte sie hinzu: »Ich kann es gar nicht in Worte fassen. Das Essen war nicht spektakulär. Es war bodenständige schnörkellose italienische Küche. Wir haben nicht einmal Wein dazu getrunken. Trotzdem war alleine der Abend in dieser kleinen Pizzeria himmlisch. Es fühlte sich an wie in einem Sterne-Lokal«, sagte sie und seufzte selig.

Gabi winkte ab. »Das ist ein ganz typisches Phänomen. Im Urlaub schmeckt der einfachste Landwein wie ein Edeltropfen. Nimmst du ihn mit nach Hause, fragst du dich, was du daran gefunden hast.«

Jasmin runzelte die Stirn. »Was willst du mir damit sagen?«

»Nimm deinen André nicht mit nach Hause, sondern vernasche ihn hier.« Jasmin sah sie überrascht an, dann mussten beide lachen.

»Seid ihr für heute verabredet?«, wollte Gabi wissen. »Ich habe zwar frei, aber du kannst mich ruhig im Stich lassen.« Sie tat so, als ob sie schmollte. »Kümmere dich gar nicht um deine alte Freundin, nur die Mission zählt. Du weißt schon, Mission Haube!«

»Haube? Was soll das sein?«

»Stehst du auf der Leitung, oder bist du noch ganz vernebelt von gestern Abend? Seit Jahren versuche ich, dich unter die Haube zu bringen ...«

Jasmin musste schon wieder lachen. »Manchmal bist du wirklich unmöglich«, brachte sie kichernd hervor. Ihre Laune hätte nicht besser sein können. »Wir sind nicht verabredet, denn ich wusste ja, dass du heute frei hast. Was machen wir?« Sie verschränkte die Arme und sah ihre Freundin voller Tatendrang an.

Gabi schob die Brille in ihr Haar. »Hattest du nicht gesagt, die Skizze aus Zecherin sei noch nicht fertig?« Jasmin nickte. »Dann sollten wir hinfahren, damit du sie abrunden kannst. Hinterher legen wir uns faul an den Strand und lassen uns in den Wellen treiben, bis wir ganz runzelig sind, was meinst du?«

»Klingt gut«, antwortete Jasmin abwesend.

»Klingt gut wie ... eine Magenverstimmung?« Gabi wartete einen Moment. »Hey, wo bist du mit deinen Gedanken?«

»Entschuldige bitte.« Jasmin sah ihre Freundin lange an. »Ich hoffe so sehr, dass er nichts mit der Sache zu tun hat. Du weißt schon, mit diesen Kunstdiebstählen. Aber es gibt so viele Anzeichen.«

Gabi ließ sich Zeit, bis sie antwortete. »Was denkst du denn? Ich meine, was sagt dir dein Herz?«

Jasmin seufzte. »Wenn ich das nur wüsste.«

»Man sieht nur mit dem Herzen gut!«

»Stand das etwa heute in meinem Horoskop?«

»Nein, das stand heute Morgen auf dem Papieranhänger des Teebeutels. Und Teebeutel haben immer recht, wusstest du das nicht?«

»Nein, das wusste ich nicht.«

Gabi wurde ernst. »Er ist kein Gauner, er hat einfach nur ein Auge auf dich geworfen.«

»Meinst du?«

»Überleg doch mal: Wenn er etwas mit der Diebesbande zu tun hätte, würde er längst einen anderen zum Kundschaften vorschicken, nachdem er so oft von dir gesehen wurde. Er würde doch nicht mit dir ausgehen und sich schon gar nicht von dir porträtieren lassen. Er ist vielleicht ein bisschen ungeschickt, aber blöd ist er nicht. So blöd kann keiner sein.«

Das war überzeugend. Jasmin fiel ein Stein vom Herzen. »Ach, Gabi, du bist die beste Freundin, die man sich wünschen kann. Wer braucht einen Kerl, wenn er so eine Freundin haben kann?«

»Alles zu seiner Zeit.«

Sie fuhren auf direktem Weg nach Zecherin und stellten den Wagen unter demselben Baum ab, unter dem Jasmin auch beim letzten Mal geparkt hatte. Sie erzählte Gabi von dem Männlein, das sie hatte verscheuchen wollen, als sie zu dem Segelschiff spaziert war.

»Es war ziemlich clever von dir, Rügen ins Spiel zu bringen, damit er freundlicher zu dir ist. Die Leute hier tun fast alles, um besser dazustehen als die Rügener.« Sie lachte.

»Warum ist das eigentlich so? Ich meine, warum sind die beiden Inseln so miteinander verfeindet?«, wollte Jasmin wissen, während sie ihre Staffelei und die Tasche mit Farben und Pinseln über den Trampelpfad auf die Fischerhütten zu schleppte.

»Von Feindschaft zu sprechen wäre zu viel, glaube ich. Aber als Zugereiste bin ich für solche Fragen die falsche Ansprechpartnerin. Das sind wohl eher typische Nachbarschaftsreibereien. Ich bin Architektin, in dem Fall weiß ich, wovon ich spreche.« Sie grinste und rollte mit den Augen.

Sie gingen bis ans Ende der kleinen Landzunge, so dass Jasmin die gleiche Perspektive vor Augen hatte wie bei der Skizze, die sie bei ihrem ersten Besuch gemacht hatte.

»Du wirst dich bestimmt langweilen«, meinte sie und hatte wirklich ein schlechtes Gewissen, dass ihre Freundin an ihrem freien Tag nichts Sinnvolleres anstellte.

»Unfug! Du wirst ja keine fünf Stunden brauchen. Mir tut es mal ganz gut, nichts zu tun und vor allem keine Pläne vor der Nase zu haben.« Sie blickte aufs Festland, dann auf die Peene.

Ganz langsam drehte sie sich um die eigene Achse. »Es ist hier einfach zu schön, finde ich!«

»Ja, es ist ein besonderer Ort, da hast du recht. So friedlich und ursprünglich.«

Gabi nickte und nahm einen tiefen Atemzug. Dann stemmte sie plötzlich die Hände in die Hüften. »Sagtest du nicht, in der roten Hütte wäre das letzte Mal jemand gewesen? Was der da drinnen wohl getrieben hat?« Schon stapfte sie entschlossen auf das kleine Holzgebäude zu.

Jasmin war gerade dabei, ihre Farben auf die Palette zu geben. »Du solltest lieber nicht zu neugierig sein. Am Ende ist ausgerechnet heute der übellaunige kleine Mann da drinnen beschäftigt. Der hätte bestimmt etwas dagegen, wenn ich hier male.«

»Ach was! Erstens war er am Ende doch ziemlich nett, wie du sagtest, zweitens weißt du ja nun, wie du ihn in Schach halten kannst. Brauchst doch bloß sagen, auf Rügen durftest du sogar die Fischer malen.« Jasmin schöpfte ein wenig Wasser aus dem Fluss. »Weißt du, dass diese Hütten das perfekte Versteck für die Kunsträuber wären?«, hörte sie Gabi rufen.

»Müssen wir ausgerechnet darüber reden?«

»Wieso?« Sie drehte sich um, hob kurz die Sonnenbrille an und warf Jasmin einen fragenden Blick zu. »Ach so!« Sie ließ die Brille wieder auf die Nase fallen. »Dein Mr. Geheimnisvoll hat nichts mit der Sache zu tun. Hör endlich auf, dich verrückt zu machen. Und wenn schon.« Sie zuckte übertrieben gleichgültig die Schultern. »Das ist doch sowieso nur ein Flirt. Oder wird das was Ernstes?«

»Quatsch! Ich meine, ich weiß nicht.«

Gabi spähte durch eines der Fenster in die kleine Kate und schrie auf: »Da sind sie! Da sind die geklauten Bilder und Skulpturen!« Jasmin war wie vom Donner gerührt, es entstand eine Sekunde Stille, in der nur das Rascheln des Windes in den nicht weit entfernt liegenden Rohrballen und das Rufen der Seevögel zu hören war. Im nächsten Augenblick brach Gabi in schallendes

Gelächter aus. »Du müsstest dein Gesicht sehen«, rief sie und schnappte nach Luft. »Ich könnte mich kringelig lachen.« Sie prustete und konnte sich kaum wieder beruhigen.

Jasmin atmete auf. »So witzig finde ich das nicht. Immerhin wären diese abgelegenen Buden wirklich ein gutes Versteck. Das würde mir noch fehlen, dass wir gleich von einer Bande Krimineller beim Spionieren erwischt werden.«

»Machen wir ja gar nicht. Wir gucken uns höchstens ein bisschen um.« Gabi hatte sich von ihrem Lachanfall erholt. »Die Scheiben sind außerdem so schmutzig, da kannst du sowieso nichts sehen.« Sie versuchte es trotzdem. Ihre Brille schob sie ins Haar, dann drückte sie die Nase, die Hände als Sichtschutz neben den Augen, an die Scheibe. Jasmin hörte sie etwas murmeln, konnte aber kein Wort verstehen. Sie mischte gerade das Blau an, das sie für den Peenestrom verwenden wollte.

»Ich glaube, wir haben tatsächlich das Versteck gefunden«, rief Gabi, ohne ihr Gesicht von dem Fenster zu lösen.

»Dein Scherz wird nicht besser, wenn du ihn wiederholst«, gab Jasmin gelassen zurück.

»Komm her, guck dir das an!« Sie stand noch immer mit dem Rücken zu Jasmin, winkte sie aber hektisch heran. Ihre Stimme klang nervös. Ob sie dieses Mal keinen Spaß machte?

»Nein, ich falle nicht darauf rein«, rief Jasmin. »Gib auf und lass mich malen, sonst brauche ich doch fünf Stunden.«

»Ich mache keine Witze, Jasmin. Das sieht wirklich aus wie zugedeckte Bilder und Skulpturen.«

»Wenn du mich auf den Arm nimmst, kannst du was erleben«, sagte sie leise, legte ihre Palette ins Gras und ging zu der Hütte, von der die rote Farbe abplatzte.

»Da links unter der Arbeitsplatte und rechts neben der Tür steht ein großer Gegenstand, über den ein Tuch gedeckt ist.«

Jasmin machte es ihrer Freundin nach und legte die Handkanten gegen die Glasscheibe, dann spähte sie hinein. »Ach du lieber Himmel, du hast recht.« Ihr wurde flau. Da hörte sie ein Motorrad näher kommen. »Blöder Mist, das sind sie!«

»Was? Wer?«

»Die Gauner. Oder jedenfalls einer davon. Das Motorrad!« Sie starrte Gabi an, als müsse die längst verstehen. »Als ich letztes Mal hier war, stand da drüben ein Motorrad. Das gehört mit Sicherheit einem von denen. Wir müssen verschwinden, Gabi, bevor die uns hier sehen.«

Das Zweirad kam auf dem Grasweg glücklicherweise nur langsam voran. Die beiden rannten zu der Staffelei, packten eilig zusammen und liefen querfeldein über eine Wiese auf die Straße zu. Immer wieder drehte Jasmin sich im Laufen um und sah zurück. Ihre Fantasie ging mit ihr durch, und sie stellte sich vor, dass der Fahrer ihnen folgte, eine Waffe bereits im Anschlag. Natürlich geschah nichts dergleichen. Soweit sie es beurteilen konnte, wandte der Motorradfahrer den Kopf zwar einmal den beiden Frauen zu, war aber überwiegend auf sein Fahrzeug und auf den holperigen Weg konzentriert.

»Wir müssen sofort zur Polizei gehen«, stellte Gabi entschieden fest, als sie das Auto erreicht hatten.

»Nein, bitte lass uns noch warten.«

»Worauf denn?«

»Wir haben doch gar nichts gesehen. Ich meine, was ist, wenn da irgendwelche Utensilien zugedeckt waren, die man als Fischer so braucht? Wir blamieren uns doch bis auf die Knochen.«

»Was sollen das denn bitte für Utensilien sein? Du weißt doch zu gut, wie Gemälde aussehen, die mit Laken geschützt werden. Das war das Diebesgut, davon bin ich überzeugt.« Gabi startete den Wagen.

»Bitte, Gabi, was ist, wenn André doch die Finger im Spiel hat? Ich kann ihn einfach nicht verpfeifen.«

»Das tun wir doch gar nicht. Wir sagen bloß, was wir entdeckt haben. Wenn wir recht haben, ist das die Chance, die gestohlenen Gegenstände zu retten, bevor sie auf das Festland transportiert werden. Ist überhaupt ein Wunder, dass das nicht längst geschehen ist.« Sie schüttelte nachdenklich den Kopf.

»Lass uns noch einen Tag warten, okay? Ich weiß ja selbst nicht, wofür das gut sein soll. Ich möchte einfach nicht, dass er festgenommen wird. Überlege doch mal, würde die Polizei sich nicht vor Ort auf die Lauer legen, um die Täter zu kriegen? Das würde mir einfach zu sehr zu schaffen machen. Ich glaube, ich habe mich wirklich ein bisschen verliebt. Ich möchte ihn selbst fragen, ob er etwas mit der Sache zu tun hat. Dann hat er wenigstens die Möglichkeit, sich zu stellen.«

Gabi warf ihr einen langen Seitenblick zu. »Waren wir uns nicht einig, dass es eher unwahrscheinlich ist, dass er etwas mit der Sache zu tun hat?«

»Unwahrscheinlich heißt nicht unmöglich.«

»Du weißt doch nicht einmal, wo du ihn erreichen kannst.«

»Ich kann in der Pizzeria fragen. Die wissen bestimmt, wo er wohnt.«

Wieder ein langer Blick, dann ein tiefer Seufzer. »Keine Ahnung, warum ich mich darauf einlasse. Vernünftig ist das nicht!« Gabi seufzte noch einmal. »Also schön, fahren wir an den Strand. Wir haben uns jetzt beide etwas Entspannung verdient.«

Pudagla

Gabi hatte am nächsten Morgen einen Termin mit dem Leiter des Bauamtes in Wolgast. Bevor sie das Haus verließ, legte sie Jasmin noch einmal ans Herz, sich schleunigst um die Adresse von André zu kümmern, mit ihm zu sprechen, wobei sie sich wegen des albernen Verdachts gründlich blamieren würde, und anschließend zur Polizei zu gehen. Sie wiederholte, dass sie es für einen Fehler hielt, den Behörden nicht gleich ihre Entdeckung gemeldet zu haben, und verließ sich nun auf Jasmin, die diesen Fehler gefälligst auszubügeln hatte. Schweren Herzens machte die sich auf den Weg nach Ahlbeck. Vor der Tür der Pizzeria musste sie schmunzeln. Wie wenig einladend hatte der Eingang bei ihrem Besuch auf sie gewirkt, jetzt tanzten bei dem Anblick Schmetterlinge in ihrem Bauch herum. Erleichtert stellte sie fest, dass das kleine Lokal noch geschlossen war. Erst in zwei Stunden würde es öffnen. Es war nicht ihre Schuld, dass sie warten musste. Ihre Erleichterung wich dem schlechten Gewissen. Sie hatte Gabi immerhin versprochen, sich augenblicklich zu kümmern. Und es war eine Telefonnummer am unteren Rand der Speisekarte angegeben, die in einem kleinen Glaskasten neben der Tür hing. Unschlüssig stand sie da, holte ihr Handy hervor und starrte in den Kasten, in dem einige Mücken ihr Leben ausgehaucht hatten. Eine Zahl nach der anderen tippte sie ein, während sie sich zurechtlegte, was sie sagen sollte. Mit klopfendem Herzen lauschte sie dem Freizeichen, dann ein Knistern und eine männliche Stimme mit italienischem Akzent, die sagte, dass zurzeit bedauerlicherweise niemand zu erreichen sei. Ein Anrufbeantworter. Jasmin atmete auf und beendete die Verbindung. Die Angelegenheit war wirklich zu kompliziert, um sie in dreißig Sekunden zu erläutern. Sie würde etwas unternehmen und in zwei Stunden zurückkommen, um persönlich nach André zu fragen.

Jasmin fuhr um den Schmollensee herum und bog dann links ab. Ihr Urlaub neigte sich dem Ende zu, und sie wollte unbedingt noch eine Skizze von Pudagla anfertigen. Dort gab es nicht nur die berühmte Bockwindmühle, sondern auch das Schloss mit seinem etwas morbiden Charme, wie Gabi sich einmal ausgedrückt hatte.

Die Mühle war ein lohnendes Motiv. Jasmin zeichnete eine Eisenkette, die zerbrochen am Fuße der Treppe, die hinauf ins Innere der Mühle führte, im Gras lag. Sie hatte eine Sage von Zwergen gelesen, die ganz in der Nähe unter der Erde lebten. Es habe ein paar unerschrockene Menschen gegeben, so hieß es, die deren Höhlen erkunden wollten, aber nie wieder an das Tageslicht zurückkehrten. So mieden die Leute irgendwann die Gegend und stiegen nicht mehr hinab in den Schacht, sondern verschlossen ihn mit einer Eisenkette. Ihre Neugier aber blieb. Jasmin kam gut voran, vollkommen auf ihre Arbeit konzentrieren konnte sie sich jedoch nicht, denn sie hatte das Gefühl, beobachtet zu werden. Immer wieder sah sie auf, aber da waren nur Besucher, die nicht unbedingt viel Notiz von ihr nahmen. Sie fühlte sich wie vor einigen Tagen in dem Museum in Peenemünde, kurz bevor André aufgetaucht war. Ein Kribbeln huschte durch ihren Magen, sie erwartete beinahe, ihn zu sehen. Vielleicht spielten ihr aber auch nur die Nerven einen Streich. Bestimmt war es die Sage, die ihr vorgaukelte, über einem geheimnisvollen Zwergenreich zu stehen, die sie so nervös machte. Diese Sage berichtete von einer Frau, die eines Tages zum Tode verurteilt wurde. Da kamen die schlauen Richter auf die Idee, sie in den Gang hinabzuschicken, um endlich ihre Neugier zu befriedigen. Das käme entweder der Vollstreckung ihres Urteils gleich, falls sie wie alle vor ihr nicht zurückkehren würde, oder aber die Frau hätte Glück und käme lebendig an die Oberfläche, dann könnte sie berichten, was sie unter der Erde gesehen hatte.

Während Jasmin mit schnellen Strichen die Mühlräder auf das Papier bannte, denen sie Stoffbespannungen gönnte, die in Wirklichkeit nicht vorhanden waren, sich aber gut machten, wie sie fand, dachte sie darüber nach, wie viele Legenden es auf dieser Insel gab, die sich unter der Erde abspielten. So auch die von der Frau, die in das unbekannte Reich der Zwerge hinabstieg. Es wurde erzählt, dass sie den kleinen Kerlen begegnet war und ihnen ihre Geschichte erzählt hatte. Man ließ sie am Leben und schickte sie mit dem Auftrag nach oben, den Menschen zu sagen, man möge die Wichtel endgültig in Ruhe lassen. Zum Zeichen, dass es sie wahrhaftig gab und die Frau sich nicht etwa alles nur ausgedacht hatte, gab man ihr eine Erbsenranke mit. Die verwandelte sich vor den Augen der Richter in eine Eisenkette.

Jasmin sah sich wieder um. Wahrscheinlich hockten die Zwerge irgendwo und beobachteten sie, weil sie befürchteten, die Malerin könnte sich auf die Suche nach ihnen machen. Sie lächelte über diesen Gedanken und beschloss, der Kette einige der typischen zarten Erbsentriebe zu zeichnen, die sich wie kleine Spiralen kringelten. Sie würde es so machen, dass man erst auf den zweiten Blick erkannte, dass es sich nicht um eine gewöhnliche Eisenkette handelte. Damit wäre die Sage gewissermaßen bildlich festgehalten. Zufrieden betrachtete sie die Skizze. Die Ausarbeitung konnte sie später erledigen, zur Not zu Hause in Berlin. Jasmin sah auf ihre Uhr. Ihr blieb noch beinahe eine Stunde, mehr sogar, wenn sie nicht gleich zur Eröffnung des Restaurants vor der Tür stehen wollte. Auf ein paar Minuten kam es wohl nicht an. Sie konnte also noch einen Spaziergang zum Schloss machen. Der fiel kürzer aus, als sie beabsichtigt hatte, denn sie wurde das unangenehme Gefühl nicht los, verfolgt zu werden. Zu allem Überfluss las sie auf einer steinernen Tafel, im Schloss sei der sogenannten Bernsteinhexe der Prozess gemacht worden.

Nein, ein Strandspaziergang erschien ihr mit einem Mal deutlich verlockender als länger zwischen alten Gemäuern Skizzen anzufertigen.

Als sie gerade in ihr Auto einsteigen wollte, hörte sie hinter sich ein Knistern. Sie wollte sich umdrehen, da legten sich zwei große Hände über ihre Augen. Jasmin bekam einen Schreck, registrierte aber sofort, dass der Griff nichts Bedrohliches hatte. Im Gegenteil, die Berührung war beinahe zärtlich.

»André?«, fragte sie leise.

»Oder vielleicht doch Dieter?«, kam es zurück.

»Das kommt doch wohl aufs Gleiche heraus«, sagte sie, schob seine Hände beiseite und drehte sich zu ihm um. »Hallo, das ist eine nette Überraschung.«

Er trat kein Stück zurück, sondern blieb dicht vor ihr stehen. »Ja? Freust du dich wirklich, oder bist du nicht doch eher erschrocken?«, wollte er von ihr wissen. Es sah aus, als wäre es ihm ernst mit dieser Frage.

»Naja, so ein plötzlicher Überfall kann einem schon einen Schrecken einjagen.« Jasmin lächelte. »Aber ich freue mich trotzdem.« Während sie ihn anstrahlte, fiel ihr ein, dass sie seinetwegen noch einmal in die Pizzeria hatte fahren wollen. Sie musste mit ihm reden, nur war das Thema alles andere als angenehm. Und jetzt stand er vor ihr, ganz nah, und sah aus, als würde er sie im nächsten Moment küssen. Abwarten, sagte sie sich, du kannst ihn auch nach dem Kuss noch zur Rede stellen.

Er küsste sie nicht. Stattdessen unterzog er sie einem Verhör. »Warst du schon im Mellenthiner Wasserschloss? Oder willst du noch hin?«

»Nein, da war ich noch nicht. Gibt's dort etwas Besonderes zu sehen?«

»Das weißt du nicht?« Es klang nicht freundlich.

»Nein, müsste ich?« Sie lächelte unsicher. Was war nur mit ihm los? Das war nicht der Mann, der mit ihr in der Rikscha gesessen und den Sonnenuntergang betrachtet hatte.

»Heute ist der letzte Tag der Vineta-Ausstellung.« Er sah sie erwartungsvoll an, lauernd beinahe. Ihr wurde mulmig.

»Vineta-Ausstellung«, stellte sie verständnislos fest. »Und du denkst, die interessiert mich?«

»Davon bin ich überzeugt.«

»Ich möchte nicht unhöflich erscheinen. Aber kann es sein, dass ich dir alles aus der Nase ziehen muss?«

»Kann es sein, dass du mich verschaukelst?« Sein Blick war hart, kein Lächeln zeigte sich um seine Lippen, das auf einen Scherz hingedeutet hätte. »In der Vineta-Ausstellung wird antiker Schmuck gezeigt. Goldschmuck, sehr kostbar«, sagte er nachdrücklich.

»Ich fürchte, da gehöre ich nicht zur Zielgruppe. Für Schmuck habe ich nicht viel übrig.«

»Es handelt sich um handwerklich exzellente Stücke, die zum Teil einige hundert Jahre alt sind. Man sagt, sie stammen aus der versunkenen Stadt Vineta. Würde doch gut zu deinem Bilderzyklus passen, oder nicht?« Er hatte das Wort »Bilderzyklus« höchst eigenartig betont, als zweifelte er an, dass sie überhaupt malen konnte. Oder hatte sie sich das nur eingebildet?

»Hast du dir den Schmuck schon angesehen?«, fragte sie ausweichend. Ihr fiel nicht ein, was sie sonst hätte entgegnen sollen.

»Natürlich.«

Ja, natürlich, dachte sie. Wenn man einige Stücke stehlen oder zunächst beurteilen wollte, ob sich ein Überfall lohnt, musste man die Ausstellung zwangsläufig besuchen. Ein Gewicht drückte immer schwerer auf ihr Gemüt.

»Was machst du gerade?«

»Ich unterhalte mich mit dir.«

»Sehr witzig. Ich meine, arbeitest du heute nicht, oder hast du hier in der Gegend etwas zu tun?« Jasmin wurde sich plötzlich der Hitze bewusst. Schweiß perlte ihr von den Schläfen.

»Vielleicht arbeite ich nie. Schon mal darüber nachgedacht? Vielleicht schlage ich mich als Heiratsschwindler durch. Wärst du eine lohnende Partie?« Zum ersten Mal bei dieser Begegnung wurde sein Blick sanft, und ein Lächeln spielte um seinen Mund.

Sie lachte auf. »Du meine Güte, nein. Tut mir leid, da muss ich passen. Ich kann mir nicht einmal ein Hotel leisten, sondern muss bei meiner Freundin wohnen.« Sie setzte eine zerknirschte Miene auf.

»Schade. Warum sind die hübschen Frauen, die mir gefallen, nur immer bettelarm?«

»Ein grausames Schicksal! Tja, dann wird wohl nichts aus uns beiden, was?« Sie sah ihn an und beobachtete seine Reaktion.

»Nein, dann wird nichts aus uns. Schade.« Er trat wieder einen Schritt auf sie zu.

»Sehr schade«, sagte sie leise und hielt seinem Blick stand. Ob er sie jetzt küssen würde? Sie vergaß die Menschen, die aus ihren Autos stiegen und sich auf den Weg zur Mühle machten. Und sie vergaß, dass er eben etwas schroff zu ihr gewesen war. Vielleicht hatte er einfach einen schlechten Tag. Ihr Herz klopfte, so deutlich spürte sie seine körperliche Nähe.

»Also, willst du noch hin?«, fragte er unvermittelt.

»Wohin?« Jasmin hatte keine Ahnung, wovon er sprach.

»In die Ausstellung. Das Schloss ist sehenswert. Und auf der Terrasse kann man sehr nett sitzen und Kaffee trinken.«

»Klingt doch nicht so schlecht. Du hättest nicht zufällig Zeit, mich zu begleiten?« Sie strahlte ihn voller Vorfreude an.

Seine Miene verfinsterte sich. »Nein, tut mir leid«, antwortete er knapp. »Ich habe noch etwas zu erledigen.«

Jasmin war irritiert und ärgerlich. Was war das für ein Spielchen, das er mit ihr trieb?

»Macht nichts«, gab sie möglichst unbekümmert zurück. »Vielleicht habe ich Glück und lerne einen netten Millionär kennen. Die Idee mit der Heiratsschwindelei ist nicht übel.« Sie hatte beleidigt geklungen, stellte sie fest und hätte sich ohrfeigen können deswegen. »Na dann«, sagte sie und hoffte, er würde sie aufhalten, würde sie doch begleiten oder versuchen, sich noch einmal mit ihr zu verabreden. Doch er machte keine Anstalten, sondern stand nur da. Jasmin hantierte mit dem Autoschlüssel. Sie überlegte fieberhaft, wie sie ihn auf das vermeintliche Beutelager ansprechen sollte. Sollte sie überhaupt? Wenn sie nicht mit ihm darüber redete, musste sie zur Polizei gehen, das hatte sie Gabi versprochen.

Sie schlug die Autotür, die sie eben geöffnet hatte, mit Schwung zu und drehte sich zu ihm um. »Du bist Fischer. Habe ich recht?«

Er kniff die Augen zu und fixierte sie misstrauisch. »Wie kommst du darauf?«

»Ich dachte, ich hätte dich in Zecherin gesehen.« Nicht sehr geschickt, dachte sie bei sich. Nun kam es nicht mehr darauf an. »Ich war unten am Ufer der Peene und habe gemalt. Ich hätte schwören können, ich hätte dich in eine der Hütten gehen sehen. Das sind doch Fischerhütten, oder?«

»Keine Ahnung. Usedom ist nicht so klein, dass jeder jede Hütte kennt.«

»Klar.« Sie dachte nach. »Dann warst du wohl nicht dort. Sonst wüsstest du ja, welche Hütte ich meine.«

»Nein, war ich nicht. Ich wüsste nicht, was ich in der Ecke zu suchen hätte.« Er klang schroff. Jasmin fühlte sich unwohl. Noch immer mochte sie sein jungenhaftes offenes Gesicht, aber inzwischen konnte sie sich auch vorstellen, Angst vor ihm zu bekommen. Irgendetwas verheimlichte er ihr. Entweder hatte er Frau und Kinder, war abgrundtief schüchtern, oder er hatte doch etwas mit den Kunstdiebstählen zu tun. Jedenfalls war er nicht ehrlich, und das tat weh.

»Dann habe ich mich wohl geirrt«, beendete sie das Thema. »Du sagtest, du hast etwas zu erledigen. Ich will dich nicht aufhalten.« Sie gab sich keine Mühe, länger freundlich zu sein. Sollte er ruhig merken, dass seine merkwürdige Heimlichtuerei bei ihr nicht gut ankam. Sie öffnete zum zweiten Mal ihre Autotür. »Schönen Tag noch.«

Er zögerte, ganz kurz nur. »Danke, dir auch«, sagte er.

Jasmin ließ sich auf den Sitz fallen und schlug die Tür zu. Sie legte den Rückwärtsgang ein, den sie nicht erwischte. Es gab ein hässliches kratzendes Geräusch. Wahrscheinlich sah André ihr zu, sie konnte seinen Blick förmlich spüren und sich sein spöttisches Lächeln vorstellen. Nein, sie würde ihn nicht ansehen. Stur blickte sie auf das Armaturenbrett. Erst nachdem sie den Wagen gewendet und den Parkplatz verlassen hatte, wagte sie es, in den Rückspiegel zu sehen. André war weg. Anscheinend hatte er es ziemlich eilig gehabt, sich ebenfalls auf den Weg zu machen.

Wie ferngesteuert bog Jasmin nach Mellenthin ab und besuchte die Vineta-Ausstellung. Während sie von einer Glasvitrine zur anderen lief, fragte sie sich, was sie dort wollte. Der Schmuck war sicher kostbar und verriet ebenso viel Geschick wie Kunstfertigkeit des Goldschmieds, trotzdem konnte er sie nicht in seinen Bann ziehen. Sie konnte mit Kettenanhängern, Ringen und Broschen nun einmal nichts anfangen. Obendrein war die Ausstellung sehr übersichtlich, so dass sie nach zehn Minuten alles gesehen hatte. Jasmin hätte in den Wagen steigen und zur Polizei fahren können. Stattdessen suchte sie sich auf der Terrasse einen kleinen Tisch, den sie für sich ganz alleine hatte. André hatte nicht übertrieben, die Anlage war wirklich sehr hübsch. Eigentlich handelte es sich eher um einen Vorplatz als um eine Terrasse. Bestimmt waren hier einmal die Kutschen vorgefahren, nachdem sie auf der mit Kopfsteinpflaster belegten Brücke den Schlossgraben überquert hatten. In der Mitte direkt vor dem Haupteingang blühten zartrosa Rosen und auch schon der erste Lavendel.

Jasmin würde sich einen Eisbecher gönnen und in aller Ruhe überlegen, was zu tun sei. Ein Kind am Nachbartisch war damit beschäftigt, Wespen in einer leeren Apfelsaftflasche zu fangen. Es war nur eine Frage der Zeit, bis das Mädchen gestochen wurde, dachte Jasmin. Dann beschloss sie, diesem Mädchen die Entscheidung zu überlassen, ob sie zur Polizei ging oder nicht. Käme sie ohne Stich davon, würde Jasmin melden, was sie in

Zecherin gesehen hatte. Bei einem Wespenstich würde sie Gabis Zorn riskieren und nicht zur Polizei gehen. Kaum hatte sie sich diesen Plan zurechtgelegt, verlangten die Eltern des Mädchens nach der Rechnung und brachen auf. Kein Wespenstich also, aber das Experiment war auch vorzeitig abgebrochen worden und konnte nicht gelten. Jasmin musste einen neuen Versuchs-aufbau finden, der die Entscheidung bringen würde. Gerade ka-men zwei Frauen auf den Platz und hielten nach einem Tisch Ausschau. Eine von ihnen war ausgesprochen korpulent, die andere eher schlank. Wenn die Beleibte sich einen Eisbecher bestellt oder ein Stück Sahnetorte, die andere nur ein Getränk, dann gehe ich zur Polizei, beschloss Jasmin.

Während sie selber ihre Eiscreme löffelte, beobachtete sie die Frauen gespannt. Die gingen unentschlossen von einem Tisch zum anderen, suchten nach Schatten, diskutierten dann über die Stühle. Es hatte den Anschein, als suchten sie nach Sitzkissen, die es aber nicht gab. Schließlich ließen sie sich dicht bei einem Sei-tentrakt nieder und studierten die Karte. Jetzt wird es spannend, ging es Jasmin durch den Kopf. Die Kellnerin kam, wurde aber wieder weggeschickt. Entscheidungen zu treffen schien nicht zu den Stärken der beiden zu gehören. Nachdem sich die Kellnerin das zweite Mal unverrichteter Dinge hatte zurückziehen müs-sen, legten die Frauen kopfschüttelnd die Karten beiseite, sa-hen sich ein wenig hektisch um und verließen, so schnell es der Kräftigen möglich war, das Lokal. Wieder kein Ergebnis! Jasmin pustete sich eine Strähne aus dem Gesicht. Also schön, musste sie die Entscheidung eben selbst treffen. Das war in der Theorie leichter als in der Praxis. Sie winkte der Bedienung, holte ihr Portemonnaie hervor und suchte ein paar Münzen zusammen. Mit Einnahmen und Ausgaben, mit Bilanzen und Bescheiden, sogar mit dem Steuervergünstigungsabbaugesetz wusste sie um-zugehen, aber das hier war eine harte Nuss. Sie seufzte. Da hörte sie einen spitzen Aufschrei und gleich darauf ein Klirren und Scheppern. Sie blickte auf und sah André, der einer jungen Kell-nerin half, Scherben auf ein Tablett zu sammeln. Nicht genug, dass er anscheinend mal wieder komplett tollpatschig gewesen war, was sie allmählich nicht mehr sympathisch, sondern nur noch schrecklich peinlich fand, hatte er sie ganz offenbar auch noch angelogen. Von wegen er habe etwas zu erledigen. Er hatte Zeit genug, hinter ihr her zu spionieren, das lag auf der Hand. Sie würde ihn augenblicklich zur Rede stellen.

Wütend knallte Jasmin das Geld für den Eisbecher auf den Tisch und stand auf. André kam ihr entgegen.

»Du bist also doch hier?«, sagten beide wie aus einem Mund. Jasmin musste lächeln, ihrem Zorn ging auf der Stelle die Luft aus.

»Ich dachte, du hast etwas zu erledigen«, brachte sie weniger angriffslustig hervor, als sie es sich gewünscht hätte.

»Schon passiert. Und du? Hast du dir alles gründlich angesehen? Die Ausstellung, meine ich.«

»Ausstellung ist gut, die paar Vitrinen sind wohl kaum der Rede wert.«

Er zog überrascht die Augenbrauen hoch. »Und? Hast du Interesse an einem bestimmten Stück?«

»Wie hört sich das denn an? Das war doch keine Verkaufsveranstaltung.« Sie schüttelte den Kopf.

»Nein, hier und heute kaufen kannst du nichts.« Er sah sie eindringlich an. »Aber wenn es eine Möglichkeit gäbe, wenn du etwas davon haben könntest …«

»Ich sagte doch schon, ich habe nicht viel für Schmuck übrig«, fiel sie ihm ins Wort. Sie wollte einfach nicht, dass er deutlicher wurde und ihr anbot, etwas für sie zu beschaffen. »Außerdem bin ich vielleicht nicht gerade bettelarm, aber ich schwimme auch nicht im Geld. Ich könnte mir nie irgendwelche teuren Kunstobjekte kaufen«, erklärte sie entschieden.

Er nickte langsam und nachdenklich. »Kommst du morgen zur Ausstellungseröffnung nach Heringsdorf?«

Jetzt wurde es ihr wirklich zu bunt. »Es mag ja sein, dass ich sehr kunstinteressiert bin. Das heißt aber nicht, dass ich sämtliche Termine auswendig weiß. In erster Linie bin ich hier, um meine Freundin zu besuchen und selbst zu malen. In Ordnung? Ich habe keine Ahnung, von welcher Eröffnung in Heringsdorf du sprichst.«

»Tatsächlich?« Er sprach leise und sah sie an, als überlegte er, ob er ihr glauben konnte. Womöglich war er enttäuscht, weil er sie für eine finanzkräftige potentielle Kundin gehalten hatte. »Entschuldige, ich bin fest davon ausgegangen, dass du die Plakate gesehen hast. Heringsdorf ist geradezu damit gepflastert.« Er machte eine Pause, doch sie sagte nichts. Sollte er sich ruhig ein bisschen bemühen, sie wieder friedlicher zu stimmen. »Es ist die Attraktion, über die die ganze Insel spricht. Ein unbekannter Kunstliebhaber hat dafür gesorgt, dass die kostbarsten Produkte der Staatlichen Bernstein-Manufaktur Königsberg in einer Ausstellung gezeigt werden. Es handelt sich um Einzelstücke, die als Leihgabe aus Museen geholt wurden, und um Stücke, die der ehemalige Mutterkonzern aufbewahrt hat. Die Sicherheitsvorkehrungen werden alles in den Schatten stellen, was wir in den letzten Jahren auf Usedom aufzubieten hatten.«

»Wo genau soll die Ausstellung denn gezeigt werden?«

»Ausgerechnet im Kunstpavillon.«

»Ist das nicht dieser gläserne Kasten von diesem Stararchitekten?«

»Genau der.«

Jasmin mochte Bernstein sehr. Sie war fasziniert von diesem Material, vor allem dann, wenn daraus kein Schmuck, sondern kunstvoll verzierte Gebrauchsgegenstände gemacht wurden. Sie würde Gabi gern vorschlagen, zur Eröffnung zu gehen. Immerhin war es ihr vorletzter Abend.

»Braucht man eine Einladung, um an der Eröffnung teilzunehmen?«, wollte sie von ihm wissen.

»Nein, frühes Kommen sichert die besten Plätze, wie es so schön heißt.« Schnell fügte er hinzu: »Aber ich würde mir das nicht antun.«

»Warum nicht?«

»Es wird mit einem ziemlichen Ansturm gerechnet. Wahrscheinlich muss man sich wirklich sehr rechtzeitig anstellen, um eine der begehrten Karten zu ergattern.«

»Ist doch nicht schlimm. Es ist schönes Wetter. Ich werde mir ein Buch mitnehmen. Ich kann mir wirklich Schlimmeres vorstellen.«

»Aber drinnen wird es auch brechend voll sein. Da siehst du doch gar nichts. Ich würde an deiner Stelle warten, bis der erste Ansturm vorbei ist.«

»Dann bin ich nicht mehr da.«

»Oh, du fährst schon wieder?«

»Ja, mir bleiben nur noch zwei Tage, dann ist der Urlaub wieder vorbei.«

Er war traurig, das zu hören, wenn sie sich nicht täuschte. »Tja, die Ausstellung bleibt nur zehn Tage auf der Insel. Wenn du das nächste Mal kommst, ist sie längst vorbei. Dann wirst du wohl darauf verzichten müssen.«

»Ich kann doch wenigstens versuchen, einen Platz zu bekommen«, wandte sie verständnislos ein.

»Nein.« Er wollte nicht, dass sie zu der Veranstaltung in Heringsdorf kam, das war nicht zu übersehen. Hatte er vor, ein Ding zu drehen, und wollte dabei nicht von ihr gesehen werden? »Ich meine, ich kann dir wirklich nur abraten. Es werden die üblichen Verdächtigen kommen, alle, die sich auf Usedom für Kunstkenner halten. Das wird laut und voll. Sehen und gesehen werden. Magst du so etwas?« Er zog die Nase kraus.

Jasmin zögerte. »Nein, nicht besonders. Aber der Bernstein würde mich schon sehr interessieren.«

Seine Miene veränderte sich mit einem Schlag. »Du bist erwachsen, du musst wissen, was du tust. Also dann, ich muss weiter. Wir sehen uns bestimmt noch, bevor du abreist.« Er legte ihr kurz eine Hand auf den Arm und sah ihr in die Augen. Dann verabschiedete er sich und ließ sie stehen.

Gabi war nicht gerade begeistert, dass Jasmin doch nicht bei der Polizei gewesen war. Sie hielt ihrer Freundin eine Strafpredigt und erklärte ihr ungerührt, dass sie das am nächsten Tag end-lich nachholen würden. Sie hätten schon viel zu lange gewartet.

»Und was ist mit der Ausstellung? Ich bin sicher, er wird dort sein. Wahrscheinlich will er die Sicherheitsvorkehrungen aus-spionieren. Muss ich denen das auch sagen?« Jasmin sah Gabi verzweifelt an.

»Nein.« Gabi dachte nach. Sie schob sich die Brille in die Haa-re und setzte sie gleich wieder auf die Nase. »Wir melden nur, was wir in dem Schuppen gesehen haben. Von André müssen die nichts wissen. Du weißt doch selbst nicht mal, ob der nur eine Meise hat oder tatsächlich in die Diebstahlserie verwickelt ist. Ich tippe übrigens auf Variante eins. Der hat nicht alle Zwiebeln im Kuchen.«

Jasmin zog eine Schnute. Dummerweise musste sie sich ein-gestehen, dass einiges dafür sprach. »Wir können ja ganz un-auffällig fragen, ob die bei der Eröffnung vor Ort sein werden. Ich meine, da geht es in der Tat um echte Schätze. Und nachdem auf Usedom in letzter Zeit so viel weggekommen ist, müssten die doch jetzt auf den Bernstein aufpassen wie auf ihr eigenes Leben.«

Bevor sie ins Bett ging, sah sich Jasmin das Porträt an, das sie von André skizziert hatte. Sie wollte es eigentlich ausarbeiten, doch sie saß nur da, den Pinsel in der Hand, und starrte es an. Sie wünschte sich so sehr, sein Gesicht würde lebendig werden, die Lippen würden sich bewegen und ihr verraten, warum er so geheimnisvoll tat. Doch das Bild blieb stumm.

Finale in Heringsdorf

»In Zecherin, sagen Sie?« Die Polizeibeamtin kniff die Augen zusammen und sah von Gabi zu Jasmin und wieder zu Gabi.

»Nicht im Ortskern«, entgegnete die. »Wir sind ein Stück parallel zur Peene gelaufen.«

»Da stehen drei Hütten, Fischerhütten wahrscheinlich«, ergänzte Jasmin. »Die können Sie gar nicht verfehlen. Eine war mal rot, aber die Farbe blättert ab.«

»Genau. Und in der haben wir auch die zugedeckten Gegenstände gesehen.« Gabi nickte nachdrücklich.

»Können Sie mir den Platz auf der Karte zeigen?«

Jetzt rollte Gabi mit den Augen, nicht zum ersten Mal, seit sie auf der kleinen Wache saßen. »Ja, so schwer ist das ja nicht.«

Die Polizistin warf ihr einen strafenden Blick zu. »Was hatten Sie da überhaupt verloren?«

»Ich male«, platzte Jasmin heraus, bevor Gabi und die Beamtin mit den kurzen braunen Locken und dem Überbiss, der ihrem Gesicht etwas Nagetierhaftes gab, einen Streit beginnen würden. »Die Gegend da unten ist sehr schön. Ich hatte dort vor einigen Tagen eine Skizze gemacht, die wollte ich fertigstellen.«

»Und danach wollten wir an den Strand«, fügte Gabi hinzu. Ihr Ton verriet, wie gereizt sie war.

Die Polizistin fixierte den Punkt auf der Landkarte, an dem die drei Hütten stehen sollten. Sie schien zu überlegen, wie wahrscheinlich es war, dass es dort tatsächlich etwas zu entdecken gab.

»Zugedeckte Gegenstände also. Können Sie die genauer beschreiben?«

»Das haben wir doch schon getan«, fuhr Gabi sie an.

»Da waren Bilder. Bilder, die von alten Laken versteckt wurden«, erklärte Jasmin eifrig. »Wir können es Ihnen natürlich nicht garantieren, weil wir nicht in dem Schuppen drin waren, aber es sah sehr danach aus. Ein ganz typischer Anblick. Sieht man in beinahe jedem Atelier. Was sollte es sonst gewesen sein?«

Ein triumphierendes Funkeln trat in die Augen der Ordnungshüterin. »Aufsteller, die für Wahlplakate gebraucht werden.« Sie sah wiederum zufrieden von einer zur anderen. »Preistafeln für den Verkauf von Fisch. Hinweisschilder. Es gibt eine Menge Möglichkeiten.«

»Und die Skulpturen sind Hering und Flunder aus Pappmaché für den Wochenmarkt, oder wie?« Gabi gab sich keine Mühe, ihren Unmut zu verbergen.

Die Polizeibeamtin stieß mit dem Finger in die Luft. »Ein guter Gedanke. Ja, das wäre durchaus plausibel.«

»Und was heißt das jetzt?«, schaltete Jasmin sich wieder ein. »Sehen Sie sich das einmal an oder nicht?«

»Das lassen Sie mal schön unsere Sorge sein. Sie haben gesagt, was Sie zu sagen hatten. Wir bedanken uns dafür. Den Rest überlassen Sie am besten uns.«

»Moment mal …« Gabi war mit ihrer Geduld am Ende.

»Da wäre noch etwas«, kam Jasmin ihr zuvor. »Wir haben noch nicht alles gesagt.« Sie spürte den fragenden Blick ihrer Freundin und sah, dass das uniformierte Nagetier schon wieder die Augen zusammenkniff. »Mir ist ein Mann aufgefallen«, begann sie zögernd. Es war scheußlich von ihr, André ins Spiel zu bringen, doch sie konnte nicht anders. »Er ist in dem Atelier in Bansin gewesen, das diese Skulptur von Moroni erwartet, und er hat solche Andeutungen gemacht, als ob er mir Kunstobjekte besorgen könnte.«

»Haben Sie einen Namen oder eine Adresse von diesem Mann?«, fragte die Polizistin, nachdem Jasmin sich so ziemlich alles von der Seele geredet hatte.

»Nein.« Sie warf Gabi einen schnellen Seitenblick zu, der der Beamtin nicht entging. Gabi ließ sich jedoch nichts anmerken.

»Aber Sie müssen doch etwas haben. Wie hätten Sie Kontakt zu ihm aufnehmen sollen, wenn Sie gestohlene Objekte von ihm hätten kaufen wollen?«

»Ich habe gesagt, er hat Andeutungen gemacht. Kann sein, dass ich ihn zu Unrecht verdächtige.« Jasmin hatte das dringende Bedürfnis, André, den sie eben noch ans Messer geliefert hatte, nun in Schutz zu nehmen. »Jedenfalls ist er nicht so weit gegangen, dass er mir Informationen über sich gegeben hätte.«

»Können Sie wenigstens eine Personenbeschreibung abgeben?«

Jasmin biss sich auf die Lippe. Sie könnte sogar ein Porträt liefern, ein Phantombild quasi, doch das würde sie nicht tun. Stattdessen beschrieb sie ihn, ungenau zunächst, dann jedoch immer präziser. Je länger sie an ihn dachte, desto deutlicher hatte sie sein Gesicht vor Augen mit den Grübchen und dem offenen Blick, seine attraktive Figur, seine Art zu gehen, sich zu bewegen. Sie geriet immer mehr ins Schwärmen und vergaß völlig, wem sie hier eine Beschreibung lieferte. Plötzlich spürte sie einen dumpfen Schlag gegen ihren Oberschenkel und verstummte abrupt. Gabi hatte ihr unter dem Tisch einen Klaps versetzt und sie damit aus ihren Träumen in die Realität zurückgeholt.

»Sonst noch etwas?«, hakte das Nagetier nach. Ihre Miene zeigte eine seltsame Mischung aus Belustigung und Erkennen.

»Nein, das ist alles«, gab Jasmin kleinlaut zurück.

»Vielen Dank, Sie haben uns sehr geholfen.« Die Polizistin verschränkte hinter ihrem Schreibtisch die Arme und drückte ihr Kreuz durch. »Wenn mich nicht alles täuscht, haben wir es mit einem alten Bekannten zu tun.«

»Was?« Jasmin und Gabi starrten sie an.

Die Beamtin lehnte sich vor und nahm einen Kugelschreiber zur Hand. »Können wir Sie irgendwie erreichen, falls wir noch Fragen haben?«

Jasmin nannte ihr sowohl Gabis Anschrift und Telefonnummer als auch die Nummer ihres Mobil-Anschlusses. Damit war das Gespräch beendet.

Die beiden Frauen schlenderten die Strandpromenade entlang, vorbei an der berühmten Villa Oppenheim, in der der Maler Lyonel Feininger, den Jasmin sehr bewunderte, einige Zeit gewohnt hatte. Auch an den anderen Villen der Bäderarchitektur mit ihren Zuckerbäckerveranden und an der Büste von Kaiser Wilhelm, der Usedom einst die Ehre und den Seebädern damit gleich den Namen Kaiserbäder gegeben hatte, spazierten sie vorbei. Sie waren beide ungewöhnlich schweigsam. Worüber hätten sie auch sprechen sollen? Es war schon alles gesagt. Seit ihrem Besuch bei der Polizei hatten sie unaufhörlich darüber geredet, dass es nun doch danach aussah, als hätte André Dreck am Stecken. Ein alter Bekannter, hatte die Beamtin gesagt, ein Gauner mit Erfahrung sozusagen. Jasmin hatte spontan verkündet, dass sie auf jeden Fall zur Ausstellungseröffnung gehen wollte. Sie würde ihm in die Augen sehen, wenn er verhaftet wurde. Dann erklärte sie ebenso überzeugt, dass sie ihn auf keinen Fall wiedersehen konnte. So war es hin und her gegangen, bis die beiden schließlich entschieden hatten, an der Veranstaltung teilzunehmen. Sie wollten wissen, ob die Polizei ihren Hinweisen nachgehen und im Kunstpavillon zuschlagen würde. Wenn nicht, würde Gabi André zur Rede stellen. Er kannte sie nicht, sie konnte also erst einmal ganz unauffällig mit ihm ins Gespräch kommen. Jasmin wollte sich vor ihm verstecken, so gut es eben ging. Dieser Pavillon war rund mit einem dicken gemauerten Kern. Da musste es doch möglich sein, jemandem aus dem Weg zu gehen und sich gewissermaßen unsichtbar zu machen.

»Es ist noch immer viel zu früh, sich wegen der Eintrittskarten in die Schlange zu stellen. Wahrscheinlich gibt es noch nicht einmal eine Schlange«, überlegte Gabi laut. »Lass uns auf die Brücke gehen und ein Eis essen«, schlug sie vor.

»Ich kriege nichts runter. Außerdem bekleckere ich mich am Ende noch.« Jasmin sah beklommen an sich herunter. Sie trug ein Trägerkleid aus sehr feiner violetter Seide und eine altrosa Stola. Damit sie in den Riemchensandalen dieses Mal besser laufen konnte, hatte sie ihre Füße rundum mit transparentem Blasenpflaster geschützt.

»Ich lasse es darauf ankommen«, verkündete Gabi und schlug bereits den Weg zur Seebrücke ein. Sie hatte einen leuchtend gelben Leinenanzug und schwarze Lederschuhe gewählt. Sehr schick und mit Sicherheit bequemer als Jasmins Variante. »Wenn ich daran denke, dass du mit dem Kerl alleine warst«, sagte sie nachdenklich, als sie sich, ihre Eistüte in der Hand, auf einem Liegestuhl unweit des Café-Pavillons niederließ. »Als du von eurer Begegnung am Streckelsberg erzählt hast und davon, dass einer tot ist, der angeblich den Eingang zu irgendwelchen Höhlen kennt, war mir die Sache nicht ganz geheuer. Aber später kam es mir absurd vor, dass er ein Gauner sein soll. Und nun stellt sich heraus, dass du dir einen Kriminellen geangelt hast. Ich fasse es einfach nicht.«

Jasmin hatte es sich in dem Liegestuhl neben ihrer Freundin bequem gemacht, nachdem sie ihn penibel mit einem Taschentuch abgewischt hatte. Sie blickte auf die glitzernde Ostsee. »Ich habe mir niemanden geangelt. Er war hinter mir her«, stellte sie richtig. »Mir kam das gleich komisch vor, aber du mit deinen Horoskopen ...« Sie sprach nicht weiter. Ihre Gedanken waren schon wieder bei der bevorstehenden Veranstaltung. Bestimmt würde er da sein. Schrecklich! Wie sollte sie das nur überstehen? Wenn sie ganz aufrichtig war, musste sie sich eingestehen, dass sie bereits darüber nachgedacht hatte, ob eine Fernbeziehung wohl funktionieren könnte. Am Tag ihres Ausflugs hatte er immerhin gesagt, er wolle sie gern wiedersehen. Und er hatte ihr Komplimente gemacht. Sie hatten sich einfach bestens verstanden, und der Abschied an dem Abend war so romantisch gewesen. Da durfte man doch wohl ein bisschen träumen. Sie seufzte.

»Hey, es wird schon nicht so schlimm werden.« Gabi hatte sie offenbar eine ganze Weile beobachtet. »Und du lernst noch andere Männer kennen. Ich gebe ja zu, dass ich die Hoffnung hatte, dich unter die Haube zu kriegen. Und dann noch einer von Usedom, das wäre ideal. Hier gibt es schließlich auch Steuerberater, du hättest herziehen können.«

»Du meine Güte, so weit hast du schon geplant?«

»Man wird doch wohl träumen dürfen.«

Jasmin musste schmunzeln. Wie ähnlich sie sich manchmal waren.

»Tja, war wohl nichts. Aber für dich ist es bestimmt besser so.«

»Wieso das?«

»Ich halte nichts von diesen Inselaffen.«

»Das ist ganz neu. Wahrscheinlich sagst du das nur, um mich zu trösten, stimmt's?«

»Stimmt. Ich hätte es dir so gegönnt.« Gabi sah auf das Meer. »Und mir auch.«

Zwei Stunden vor Einlass hatte sich bereits eine lange Reihe von Menschen gebildet. Gabi hatte sich bezüglich des Interesses gründlich verschätzt.

»So ein Mist, was wollen die alle hier? Können die nicht in den nächsten zehn Tagen kommen?«, brummte sie missmutig. »Die sind doch nur scharf auf die Häppchen, die gereicht werden, nicht auf die Kunst.«

»Mit wenigen Ausnahmen«, gab Jasmin zurück und warf ihr einen tiefen Blick zu.

»Hast du ihn schon entdeckt?«

»Nein, bis jetzt noch nicht.« Jasmin sah sich die ganze Zeit aufgeregt um. Sie war komplett durcheinander und wusste nicht, was sie hoffen oder fürchten sollte. Da erkannte sie ein bekanntes Gesicht in der Menge. »Aber da ist Monsieur Fromage.« Sie sah den Käse-Profi ganz vorne in der Schlange stehen. Er wirkte in sich gekehrt, stand zwischen einem Pärchen, das sich ganz besonders in Schale geworfen hatte, und zwei dünnen Frauen mit streichholzkurzem grauem Haar, die in ein Fachgespräch vertieft zu sein schienen. Doch er bekam offenbar nichts von dem mit, was um ihn herum vor sich ging.

»Tatsächlich, das ist er. Und er scheint ganz alleine zu sein.«

»Vielleicht kommt seine Gattin später und lässt ihn schon mal Eintrittskarten besorgen«, überlegte Jasmin laut. In dem Moment sah er plötzlich auf und schaute genau in ihre Richtung. Als er Gabi erkannte, begann sein Gesicht zu leuchten. In einer Sekunde hatte er die Situation erfasst und winkte die beiden Frauen heran.

»Da sind Sie ja endlich«, rief er übertrieben laut. Und leiser fügte er hinzu, als sie bei ihm angekommen waren: »Bleiben Sie bloß hier, dann kriegen Sie mit Sicherheit noch Eintrittskarten. Wenn Sie da hinten stehen, könnte es knapp werden.« Nach einer Pause sagte er: »Wie nett, Sie zu sehen!« Dabei blickte er ausschließlich Gabi an.

»Ja, das ist eine angenehme Überraschung.« Gabi wirkte ein wenig unsicher, was für sie vollkommen untypisch war. Sie fuhr sich nervös durch das Haar. »Sind Sie gut nach Hause gekommen neulich?«

»Ich hatte leichte Kopfschmerzen, aber davon abgesehen war alles in Ordnung. Mehr als das«, fügte er hinzu und himmelte Gabi an. »Ihre Frau ist nicht mitgekommen?«, fragte die.

»Nein, sie fühlte sich nicht.« Die Falten auf seiner Stirn glätteten sich allmählich und ein sanftes Lächeln erschien auf seinen Lippen. »Das mag mit meiner Ankündigung zu tun haben, dass ich mich von ihr trennen werde«, sagte er ruhig.

Jasmin sah einen Glanz in Gabis Augen, der eben noch nicht da gewesen war. Zum ersten Mal an diesem verkorksten Tag empfand sie pure Freude. Mit einem Ohr verfolgte sie das Gespräch der beiden, das eine Gratwanderung zwischen intimer Unterhaltung und distanzierter Konversation war. Natürlich, die zwei wollten nicht in der Öffentlichkeit seine Eheprobleme ausbreiten. Gleichzeitig war deutlich zu spüren, dass sie sehr wohl darüber reden wollten und auch gut miteinander reden konnten. Raffiniert beiläufig erwähnte Gabi ihre eigenen Ehe-Erfahrungen und ließ ihn damit gleichzeitig wissen, dass sie dem männlichen Geschlecht gegenüber gar nicht so abgeneigt sein dürfte, wie immer alle behaupteten. Kein Zweifel, ihre Freundin interessierte sich wieder für einen Mann. Unter anderen Umständen hätte Jasmin sich wie das fünfte Rad am Wagen gefühlt, doch in diesem Fall überwog die Freude über diese Erkenntnis. Außerdem war sie ohnehin nicht ganz bei der Sache, weil sie ständig nach André Ausschau hielt. Sie wollte um keinen Preis sein Eintreffen verpassen und von ihm entdeckt werden, bevor sie ihn gesehen hatte.

Endlich ging es hinein.

»Ist er nun da oder nicht?«, raunte Gabi ihr zu.

»Nein, ich glaube nicht.«

»Dann kannst du dich entspannen. Wer keinen guten Platz in der Reihe hatte, der kriegt auch keine Karte mehr.«

»Es sei denn, er hat Kontakte und konnte eine Karte reservieren«, gab Jasmin zu bedenken.

»Dann müsste er schon einen engen Draht zum Bürgermeister oder zum Vorsitzenden des Usedomer Kunstvereins haben.« Sie schüttelte energisch den Kopf. »Nein, ich glaube, du kannst dich entspannen.«

An Entspannung war nicht zu denken. Jasmin hörte kaum die Reden des Bürgermeisters, des Vereinsvorsitzenden und auch nicht die der Dame, die den Kunstliebhaber vertrat, dem die Ausstellung zu verdanken war. Der generöse Mann selber war nicht anwesend. Er wollte anonym bleiben und würde den Kunstpavillon irgendwann inkognito besuchen, wenn niemand damit rechnete, hieß es. Unruhig rutschte Jasmin auf ihrem Stuhl hin und her. Mit einem Mal hörte sie hinter sich etwas. Gut möglich, dass sich nur jemand wie sie auf seinem Stuhl bewegt hatte, aber sie wurde das Gefühl nicht los, als sei noch jemand dazugekommen. Ein Spätankömmling, ging es ihr durch den

Kopf. Ihr Nackenhaar stellte sich auf, ihre Ohren schienen sich zum Eingang, der schräg hinter ihr lag, auszurichten wie bei einem Tier, das Gefahr wittert. Instinktiv rutschte sie ein wenig auf der Stuhlkante nach vorne, so dass sie sich kleiner machen konnte. Gabi bemerkte das Unbehagen ihrer Freundin.

»Man kann ja über alles reden, aber nicht über fünf Minuten«, flüsterte sie ihr zu. »Warum müssen ausgerechnet immer die am längsten palavern, die so gar nicht originell sind?« Sie rollte mit den Augen.

Eine geschlagene Dreiviertelstunde später hatten sie endlich alle Dankesreden und Lobeshymnen überstanden. Jasmin wartete, bis die meisten um sie herum aufgestanden waren, damit sie sich zwischen ihnen verstecken konnte. Vorsichtig sah sie sich um, immer darauf bedacht, ganz dicht hinter Gabi, Monsieur Fromage oder einem fremden Besucher zu bleiben. Da entdeckte sie André. Sie hatte es gewusst. Sie war sich sicher gewesen, seine Anwesenheit, vielleicht sogar seinen Blick im Nacken gespürt zu haben. Jetzt schaute er in eine andere Richtung, und sie konnte die Flucht ergreifen.

»Er ist da«, hauchte sie Gabi atemlos ins Ohr und huschte auch schon im waghalsigen Slalom zwischen den Besuchern hindurch fort von ihm. Gabi folgte ihr.

»Wer ist es?«, fragte sie gespannt. »Was hat er an?«

»Ich weiß nicht. Eine Jeans, glaube ich. Oder nein, das könnte auch eine Stoffhose gewesen sein. Auf jeden Fall ein weißes Hemd. Relativ weit offen«, erklärte Jasmin, ohne auch nur einmal Luft zu holen. Sie stand dicht an die gemauerte Wand gepresst, die das Zentrum des gläsernen Pavillons bildete. Einige Besucher, die nun begannen, von einer Vitrine zur anderen zu wandern, wurden schon auf sie aufmerksam.

»Du benimmst dich ziemlich absonderlich«, stellte Gabi fest und verdrehte die Augen. »Kriegst du das unauffälliger hin?«

»Ich gebe mir Mühe.« Sie rückte etwas von der Wand ab, sah sich dafür hektisch um, ob er sich auch ja nicht in ihre Richtung bewegte. Gabi dagegen hielt nach ihm Ausschau, ohne sich dabei zu verstecken. Warum hätte sie das auch tun sollen? Er kannte sie schließlich nicht. Nach wenigen Augenblicken schlenderte sie zu Jasmin zurück.

»Braune Haare, ein Hauch von Gel, dunkelbraune Augen mit Lachfältchen, schöne Zähne und Grübchen«, beschrieb sie ihn und tat dabei so, als würde sie sich eine geschnitzte Vase gründlich ansehen.

»Und eine etwas schiefe Nase«, ergänzte Jasmin mit einem Seufzer, der verriet, dass sie allein beim Hören seiner Beschreibung dahinschmolz.

Gabi stutzte. »Findest du?« Sie ging wieder langsam in Andrés Richtung, neigte den Kopf etwas zur Seite, während sie ihn betrachtete, und kam zurück. »Die Nase ist völlig in Ordnung. Die muss statisch ja nichts halten«, sagte sie mit einem Schmunzeln. »Sollen Pierre und ich ihn in ein Gespräch verwickeln?«

»Pierre?« Jasmin begriff nicht, sie konnte sich auf nichts konzentrieren.

»Monsieur Fromage«, entgegnete Gabi erschöpft. »Eigentlich heißt er Peer, aber das passt nicht so gut zu Käse.«

»Aha«, machte Jasmin abwesend.

»Also, sollen wir oder sollen wir nicht?«

»Was sollt ihr?«

Gabi seufzte. »Mit ihm reden.«

»Ach so, ja, warum nicht? Oder … nein, vielleicht doch lieber nicht. Ich meine, worüber willst du denn mit ihm reden? Und was soll das bringen?«

»Siehst du hier irgendwo Polizei?« Ohne eine Antwort abzuwarten, schimpfte sie leise vor sich hin: »Was hat die Polizistin mit dem ausgeprägten Hamstergebiss gesagt? Den Rest lassen Sie mal schön unsere Sorge sein. Von wegen!« Sie schnaubte verächtlich. »Die interessiert unser Hinweis nicht die Spur. Wahrscheinlich waren sie nicht einmal in Zecherin, weil sie gerade mit wichtigeren Dingen beschäftigt sind.«

»Oder sie waren da, haben aber nichts gefunden«, gab Jasmin zu bedenken.

»Glaube ich nicht.« Nach einer Weile meinte Gabi: »Jedenfalls fühle ich deinem André jetzt mal auf den Zahn. Kann doch sein, dass wir ihn ein wenig nervös machen können. Wenn er sich verrät, alarmiere ich sofort die Polizei, damit die ihn hopsnehmen und der Kunst-Klau auf Usedom endlich ein Ende hat.«

Womöglich hatte sie recht. So schwer es Jasmin auch fiel, sie musste sich mit dem Gedanken abfinden, einem Kriminellen auf den Leim gegangen zu sein. Das wusste sie. Warum sollte sie ihn also schützen?

»Achtung!«, zischte Gabi ihr plötzlich zu.

Jasmin wusste sofort, was los ist. André bewegte sich in ihre Richtung. Da half nur der geordnete Rückzug. Ihr schlug das Herz bis zum Hals. Sie behielt gebannt den Raum im Auge, während sie möglichst langsam rückwärts ging.

»Au!« Der Schmerzensschrei, ausgestoßen von einer schrillen Frauenstimme, tat ihr im Ohr weh. Gleichzeitig geriet Jasmin ins Straucheln. Sie hatte ihren Absatz zielsicher auf dem Fuß einer Dame platziert, der in einer ähnlichen Riemchensandale steckte, wie sie selber eine trug.

»Entschuldigung, es tut mir wirklich sehr leid«, beschwichtigte sie die noch immer jammernde Frau, während sie versuchte, die Balance wiederzufinden und sich weiter zurückzuziehen. Sie erkannte eine Absperrung, die verhindern sollte, dass sich jemand dem kostbarsten Stück der Ausstellung, einer über hundert Jahre alten Brosche, die die Stadtsilhouette von Danzig zeigte, zu sehr nähern konnte. Das Seil, das gewissermaßen eine Schutzzone um die Vitrine bildete, in der sich die wertvolle Arbeit befand, war nicht sehr hoch. Drum herum drängten sich die neugierigen Besucher und reckten ihre Hälse. Da gab es kein Durchkommen. Und Jasmin hatte durch die Frau, die sie getreten hatte, schon Aufmerksamkeit auf sich gelenkt. Sie musste hier weg, schnell und möglichst unauffällig. Der direkte Weg war der kürzeste, dachte sie. Und es würde schon keiner etwas sagen, wenn sie nur rasch über das Seil steigen und auf der anderen Seite des rechteckigen Schutzfeldes die Absperrung gleich wieder verlassen würde. Trotz der Warnleuchten, die in ihrem Hirn auf der Stelle aufblitzten, dachte sie nicht weiter über ihren Einfall nach, sondern setzte ihn ohne Umschweife in die Tat um. Sie raffte ihren Rock, murmelte etwas davon, dass ihr nicht gut sei und sie dringend an die frische Luft müsse, und hob ihren Fuß über das Seil. Im nächsten Moment ertönte ein hässlicher hoher Alarmton. Jasmin stockte vor Schreck der Atem. Sie wollte ihr Bein zurückziehen, doch ihre Stola rutschte ihr von den Schultern und verfing sich so unglücklich zwischen Fuß und Seil, dass Jasmin hängenblieb und ins Stolpern geriet, wobei sie einen Mann anrempelte, der einige Schritte rückwärts ging. Alle zogen sich von der extra gesicherten Vitrine zurück, als wollten sie vermeiden, unter falschen Verdacht zu geraten. Auch Jasmin wollte nur weg. Raus hier, hämmerte es in ihrem Kopf. Aus dem Augenwinkel nahm sie wahr, dass eine Person auf den Schaukasten mit der Brosche zustürzte. Nutzte etwa jemand die Gelegenheit, das antike Schmuckstück zu stehlen? Sie musste wissen, ob es André war, sah sich um und prallte gegen einen kräftigen Körper, der sie im Lauf stoppte.

»Nicht so eilig!« Sie erkannte seine Stimme sofort. Mit festem Griff hatte er ihre Arme gepackt. Jasmin sah an ihm hoch. Sein Blick war kühl, fast schon ein wenig arrogant.

»Sie sind vorläufig festgenommen«, sagte er laut und deutlich. Wie in einem bösen Traum nahm sie die Menschen wahr, die sie anstarrten und miteinander zu tuscheln begannen. Es fühlte sich an, als wäre die Welt plötzlich eine Umdrehung langsamer, die Bewegungen der Besucher wirkten verzögert, ihre Gesichter verzogen sich zu übertriebenen Grimassen. Gut möglich, dass nur ihre Fantasie mit ihr durchging.

»Wieso?«, murmelte sie, unfähig, einen klaren Gedanken zu fassen.

»Besser, Sie kooperieren. Kommen Sie!« Er legte ihr doch wahrhaftig Handschellen an. Jasmin suchte den Raum nach ihrer Freundin ab.

»Du bist doch der Böse und nicht ich«, protestierte sie, um

Zeit zu gewinnen. Er zog seinen Dienstausweis hervor und hielt ihn ihr unter die Nase. André Tietje, war darauf neben seinem Passfoto zu lesen, und dass er Kriminaloberkommissar war. »Das kann nicht sein«, stammelte sie. Da entdeckte sie endlich Gabi. Monsieur Fromage war an ihrer Seite. Sie kamen forschen Schrittes in ihre Richtung, wurden aber von dem uniformierten Nagetier aufgehalten. Jasmin konnte nicht hören, was sie miteinander sprachen, denn das Flüstern der Umstehenden schwoll zu lautstarken Diskussionen und Begeisterungsbekundungen an. Endlich konnten auf der Insel wieder Kunstwerke gezeigt werden, ohne dass man um deren Verbleib fürchten müsse, sagte jemand. Ein anderer ereiferte sich darüber, dass dieses Diebespack doch tatsächlich die Dreistigkeit besäße, als Gäste bei einer Ausstellungseröffnung zu erscheinen. Unfassbar, dass eine Frau anscheinend die Drahtzieherin war!

»Also los, gehen wir«, kommandierte Kriminaloberkommissar Tietje.

Jasmin hatte für einen kurzen Moment das Gefühl, in schallendes Gelächter ausbrechen zu müssen, doch das blieb ihr im nächsten Augenblick im Halse stecken. So absurd und komisch es war, dass erst sie André und jetzt er sie für einen Kunstdieb hielt, so peinlich war das Ganze auch. Außerdem musste sie ihn erst einmal von ihrer Unschuld überzeugen. Dass er keine Beweise gegen sie in der Hand haben konnte, erschien ihr nicht besonders beruhigend, denn ihr kam gleichzeitig der Verdacht, er habe nur mit ihr geflirtet, um ihr auf den Zahn zu fühlen. Und diese Vorstellung gefiel ihr ganz und gar nicht.

»Mach dir keine Sorgen, wir holen dich da ganz schnell wieder raus. Wir klären das.« Gabi, die von der Beamtin am Arm zurückgehalten wurde, klang sehr resolut. »Es kann sich ja nur um ein Missverständnis handeln.«

Jasmin sah gerade noch, wie Gabi die Polizistin abschüttelte und sich bei Käsemann Pierre unterhakte, dann wurde sie von André zum Ausgang geführt.

Sie traten ins Freie und gingen den Weg entlang, der zwischen der Strandpromenade und den Dünen verlief. Jasmin entdeckte ein Polizeifahrzeug, das ein Stück weiter geparkt war. André führte sie daran vorbei. Sie sah ihn unsicher von der Seite an. Sein Gesicht wirkte sehr ernst. Ob er sie ein wenig mochte und traurig war, sie festnehmen zu müssen? Sie hätte ihm so vieles erklären wollen, aber ihr fiel einfach nicht ein, was sie hätte sagen können. Nach wenigen Schritten bog er links in den Strandzugang ein.

»Schuhe aus!«, befahl er leise.

Jasmin verstand die Welt nicht mehr. »Was?«

»Sonst ruinierst du dir nur deine Füße.« Er duzte sie wieder, fiel ihr auf. Vorhin hatte er sie gesiezt. War das ein gutes Zeichen? Würde er sie laufen lassen? Herrje, warum auch nicht? Sie war immerhin unschuldig.

»Ich kann nicht«, sagte sie und bewegte die Arme hinter ihrem Rücken.

»Oh, natürlich, entschuldige.« Statt ihr die Handschellen abzunehmen, kniete er sich vor ihr hin, löste die Riemen ihrer Sandalen und zog behutsam ihre Füße aus den Schuhen.

»Wo wollen wir denn hin? Ich begreife überhaupt nichts mehr«, flüsterte sie verzweifelt.

»Das kann ich mir vorstellen.« Zum ersten Mal lächelte er. Noch immer hielt er ihren Arm fest, als ob er jeden Fluchtversuch von vornherein unterbinden müsste. Doch seine Stimme hatte sanft geklungen. Nahe der Wasserlinie blieb er stehen. Die Sonne würde bald untergehen, schon färbte sich der Himmel zart rosa. Eine leichte Böe strich über ihre Haut und brachte den Geruch von Salz und Algen mit. Sie stand im weichen Sand, der noch ganz warm von diesem herrlichen Sommertag war, hörte das Glucksen der kleinen Wellen, die an Land krochen, und dachte, dass es ein wunderbar romantischer Abend hätte sein können. Jasmin sah ihn an und begegnete seinem Blick. Eine Strähne, die der Wind ihr ins Gesicht geweht hatte, klebte an ihrem Mund. André legte einen Finger an ihre Lippen und strich ihr Haar sanft beiseite. Ein Schauer lief durch ihren Körper, den sie in dieser Situation ganz und gar unpassend fand.

»Danke«, sagte sie leise.

»Gern geschehen.« Seine Augen leuchteten. Man konnte wirklich meinen, dies hier sei ein Rendezvous, und der junge Liebhaber würde seine Angebetete im nächsten Moment in die Arme schließen. Dummerweise war das eine Festnahme, und der Kommissar würde die Verdächtige gleich auf die Wache bringen, dachte sie.

»Ich muss mich bei dir entschuldigen und bedanken«, sagte er unvermittelt.

»Wofür?«

»Entschuldigen muss ich mich, weil ich dich eben ziemlich blamiert habe. Jeder denkt jetzt, du bist eine Kriminelle. Es war nicht geplant, dich vor so viel Publikum festzunehmen.« Das letzte Wort hatte er besonders betont. Sie fragte sich, worauf er hinauswollte. »Eigentlich wollte ich dich unauffällig aus dem Pavillon lotsen und dir dann die Nummer mit der Verhaftung vormachen.« Jetzt grinste er über das ganze Gesicht.

»Wieso vormachen? Kannst du mir endlich erklären, was hier eigentlich los ist?« Jasmin gewann allmählich ihre Fassung zurück und wurde immer wütender.

»Gerne. Ich bin mit meiner Abteilung hinter den Kunstdieben her, die auf Usedom in den letzten Wochen erheblichen Schaden angerichtet haben. Wir hatten die Beschreibung einer Verdächtigen. Die passte ziemlich genau zu dir: extrem gut aussehend, blond, tolle Figur, ständig mit einem Skizzenbuch oder einer Staffelei unterwegs. Wir sind davon ausgegangen, dass die Bande noch weitere lohnende Orte auskundschaftet. Dabei wollte ich ihr auf die Spur kommen und bin auf deine Spur geraten.« Der Glanz seiner Augen verursachte ihr weiche Knie und ein behagliches Kribbeln im Bauch. »Ich habe so gehofft, dass du nichts mit der Sache zu tun hast. Aber es gab so viele Anzeichen«, sagte er mit belegter Stimme.

»Das ging mir doch genauso. Ich war mir sicher, dass du dabei bist, neue Ziele für deine nächsten Raubzüge auszuspionieren. Gleichzeitig habe ich gehofft, dass es nicht so ist.« Sie brach ab. Dann fiel ihr wieder ein, was er gesagt hatte. »Moment mal, du hast mich also verdächtigt, wusstest, als du heute hierherkamst, aber schon, dass ich nichts mit der Sache zu tun habe?« Er nickte. »Du hast mir diese vermeintliche Festnahme nur vorgegaukelt?«

»Ich habe doch gesagt, ich muss mich entschuldigen. Mit meiner Kollegin war abgesprochen, dass ich dich in den Polizeiwagen bringe und es dir da sage. Das hätte keiner mitbekommen. Aber dann hast du mir die perfekte Vorlage geliefert, indem du über die Absperrung gestiegen bist. Der Alarm ging los, da musste ich einfach handeln.«

»Das Seil sah so harmlos aus«, schimpfte sie aufgebracht. »Ich konnte doch nicht ahnen, dass es mit einer Lichtschranke oder einem Laser oder womit auch immer gesichert ist.«

»Die Warnhinweise hast du in der Aufregung wohl übersehen«, meinte er amüsiert.

»Ja, habe ich wohl, denn ich war tatsächlich sehr aufgeregt. Das bin ich noch!« Sie funkelte ihn an. »Seit wann weißt du, dass ich nicht die Gesuchte bin? Und wofür soll bitte diese Schmierenkomödie gut sein?«

»Dass du nicht die Zielperson bist, weiß ich, seit du gestern mit deiner Freundin bei meiner Kollegin warst. Britt ist mehr als nur eine Kollegin, sie ist eine Vertraute und ein echter Kumpel für mich. Als ich zurück im Büro war, hat sie mir sofort erzählt, dass du da warst und von mir geschwärmt hast.« Er lächelte.

»Ich habe überhaupt nicht geschwärmt, ich habe ihr lediglich deine schiefe Nase verschwiegen.«

»Warum? Wäre die nicht ein wichtiges Erkennungsmerkmal?«

»Du lenkst ab!«, fauchte sie.

»Stimmt, entschuldige. Jedenfalls war dann klar, dass du nichts mit der Sache zu tun hast, sondern nur Detektiv gespielt und einen vermeintlichen Gangster beobachtet hast. Mir ist ein riesiger Stein vom Herzen gefallen.« Jasmin war noch immer sauer, doch ihr Zorn schmolz dahin. »Wir sind dann gleich nach Zecherin gefahren und haben die Hütte untersucht. Ihr hattet recht, unter Laken und Decken war ein großer Teil des Diebesgutes verborgen. Für diesen Tipp muss ich mich bei dir und deiner Freundin bedanken.«

»Wirklich? Das ist ja ein Ding! Gabi wird staunen, wenn ich ihr das erzähle. Wir haben doch tatsächlich geholfen, einen Kriminalfall zu lösen«, freute sie sich. Im nächsten Augenblick fiel ihr ein, dass er ihr noch eine Antwort schuldete. »Also schön, du hast dich bedankt und entschuldigt. Bleibt noch immer die Frage, warum du diese dämliche Festnahme inszenieren musstest?«

Er trat einen Schritt auf sie zu. Sie konnte sein Aftershave riechen. »Weil ich dich unbedingt fesseln wollte«, sagte er leise. »Und ich wusste nicht, ob du damit einverstanden bist.« Ganz langsam neigte er sich vor und küsste sie auf den Mund. Seine Lippen fühlten sich großartig an. Und es war ein äußerst reizvolles Gefühl, die Hände auf dem Rücken, ihm ausgeliefert zu sein. Er spielte mit ihr, unterbrach den Kuss, um sie einfach nur anzusehen, streichelte ihre nackten Schultern, ihre Arme, dann küsste er sie wieder, frecher dieses Mal. Sie bekam unanständig viel Lust auf ihn und hatte das Gefühl, innerlich zu glühen. Wieder ließ er sie zappeln, statt sie in den Arm zu nehmen. Dieses Mal trat er sogar einen Schritt zurück.

»Ich nehme an, du hast noch tausend Fragen«, sagte er leise.

»Nicht jetzt«, flüsterte sie.

Er lachte. »O doch, ich möchte nämlich den dienstlichen Teil dieser romantischen Begegnung abschließen und zum ausschließlich privaten übergehen.« Seine Stimme war rau, er musste sich räuspern. In wenigen Worten erklärte er ihr, dass es einen Hinweis auf eine unterirdische Verbindung zwischen dem Streckelsberg und dem Strand gegeben habe. »Ich dachte, die könnte der Kunstdieb benutzt und dort Spuren hinterlassen haben. Deshalb war ich vor Ort. Dann habe ich dich dort wiedergesehen. Du bist mir schon in Lüttenort aufgefallen. Da kam mir der Verdacht, dass du etwas mit der Sache zu tun haben könntest. Und wenig später bekamen wir die Beschreibung der Verdächtigen.« Er erzählte auch, dass ihm in Peenemünde, wo er die Sicherheitseinrichtungen hatte prüfen wollen, die Pferde durchgegangen seien, als er dachte, er hätte ein Bandenmitglied beim Ausspähen ertappt. »Als wir uns schließlich in Pudagla getroffen haben, wollte ich dich warnen. Das war nicht gerade professionell. Ich weiß auch nicht, ich war hin- und hergerissen und wollte dir eine Chance geben, deinen Kopf aus der Schlinge zu ziehen. Du kannst dir nicht vorstellen, wie froh ich war, als Britt mir erzählte, dass du eine Aussage gemacht hast. Sie meinte, du hast mich gut beschrieben. Und als du von meiner Tollpatschigkeit erzählt hast, war sie sicher, dass du von mir sprichst und dass du die Frau bist, von der ich ihr seit Tagen die Ohren voll schwärme.«

»Ist das wahr, du schwärmst von mir?«

»Allerdings, wie ein blöder Teenager.« Er setzte eine zerknirschte Miene auf. Dann wurde er ernst. »Ich will nicht, dass du morgen oder übermorgen nach Berlin fährst. Ich will, dass du hierbleibst und wir uns besser kennenlernen können.«

»Das will ich auch«, entgegnete Jasmin glücklich. »Leider geht es nicht immer danach, was wir wollen. Ich muss zurück. Aber wenn du mir die Handschellen abnimmst, gebe ich dir meine Telefonnummer und meine Adresse, dann können wir in Kontakt bleiben und uns bestimmt auch irgendwie irgendwo ganz bald wiedersehen.«

»Deine Handynummer habe ich schon. Die hat Britt mir gleich gegeben.« Er grinste.

»Befreist du mich trotzdem?«

Er schien nachzudenken. »Noch nicht«, sagte er dann, nahm ihr Gesicht in seine Hände und küsste sie.

BROSCHUR
ISBN 978-3-7466-3262-9

PREIS: 9,99 €

1

Sandras Zeigefingerkuppe schwebte einen halben Zentimeter über der Eingabetaste: Fünf Millimeter Luftlinie zum Glück, dachte sie. Oder war es zum Unglück? Oder gar Ruin? Ihr Blick ging zur Zeitanzeige.

Noch vier Stunden zweiundzwanzig Minuten bis zum Versteigerungsende. Und es war bereits kurz vor acht Uhr abends, wie sie erschreckt feststellte. Sie hatte viel zu lange geträumt und mit dem Eintragen ihrer Daten und des Gebotes getrödelt, und das Scannen ihrer Papiere hatte ewig gedauert. Tine und die anderen würden jeden Moment hier sein und am gedeckten Tisch Platz nehmen wollen, um gemeinsam zu feiern: Abschied.

Sandras Finger zitterte. Sie rückte näher an den Computerbildschirm heran, als ob die Nähe zu dem Foto ihr bei der Entscheidung helfen würde.

Sie ließ ihre Augen über das Bild gleiten: die Rückfront des backsteinernen Gärtnerhauses mit seinem Reetdach und dem wunderschönen Rosengarten an einem sonnigen Junitag. Die Blüten an den unzähligen Rosenstöcken und -sträuchern bildeten ein Meer der Farbenpracht. In Zartrosa, Hellgelb, Weiß, Pink und Orange ragten sie über das Unkraut des verwilderten Grundstücks hinweg. Sandra erkannte strauchige Wildrosen, üppige Kohlrosen, zarte Noisette- und Bourbonrosen, stolze Edelrosen und sogar eine Fuchsrose. Die Hauswand im Hintergrund überwucherten zwei Ramblerrosen in Weiß und Tiefrot. Sie waren bis an den Rand des Reetdaches hochgeklettert.

Sandra meinte fast, den zarten, lieblichen Duft in der Nase zu spüren. Den Duft, der an warmen Sommerabenden über den windschiefen Holzzaun wehte, wenn sie und Tobias Hand in Hand an dem Haus vorbeispaziert waren, nach einem guten Glas Wein und einer Käseplatte im Dorfgasthof. Wie oft waren sie stehen geblieben vor dem verwunschenen Garten. Wie oft hatten sie die alten Rosen bewundert, die ihre schönen Köpfe stolz in die Luft streckten; das grüne Chaos um sie herum und die jahrelange Vernachlässigung kümmerten sie nicht. Sie hatten dem Vogelgezwitscher und dem Rauschen des Windes in den Buchen gelauscht, die den Rand des Grundstücks säumten, und dem Quaken der Frösche in dem Bach, hinter dem der Park des alten Gutshauses Bantekow lag. Zu DDR-Zeiten war das Gutshaus mit seiner wunderschönen Freitreppe und Säulenterrasse von der LPG als Verwaltungsgebäude genutzt worden. Seit der Wende gammelte es vor sich hin. Das kleine, mit Reet gedeckte Gärtnerhaus hatte einst zum Gutshof gehört, das wusste Sandra aus den Gasthofgesprächen. Aber nun stand es einzeln zum Verkauf. Mitsamt seinem einzigartigen Rosengarten.

Nie hatten Tobias und sie in den Jahren, die sie in der Gegend Urlaub gemacht hatten, einen Fuß in den Garten selbst setzen können. Sie hatten die dicke, verrostete Eisenkette am schiefen Tor zwischen den Backsteinpfeilern respektiert und geträumt: Eines Tages werden wir es kaufen, dieses Rosenparadies.

Aber Tobias war nicht mehr hier. Jetzt, wo sie die Möglichkeit hatte, das Haus tatsächlich zu bekommen. Sie schloss die Augen, als sie merkte, wie in ihr die Tränen aufstiegen. Sie musste diesen Traum ziehen lassen oder es allein wagen.

Aber könnte sie das überhaupt? Ganz allein? Denn nur sie würde das Haus bewohnen, würde den Garten bewirtschaften und seine Schönheit genießen. Ihre Tochter Tine ging nun ihre eigenen Wege. Und wenn sie ihn tatsächlich wagte, diesen Klick: Was bedeutete er – ihr Glück oder ihren Ruin?

Sie lehnte sich im Schreibtischsessel gegen die Lehne. Was machte sie hier eigentlich? Wie kam sie nur darauf, dass es eine gute Idee war, ihre gesamten Ersparnisse sowie den zu erwartenden Erlös ihrer Eppendorfer Altbauwohnung in dieses marode, seit Jahrzehnten nicht bewohnte Gärtnerhaus in der Inselmitte von Usedom zu stecken? Was verband sie denn schon mit der Insel außer ein paar schönen Urlaubserinnerungen? Aus ihrer Familie hatte dort niemand gelebt. Außer, erinnerte sie sich, dieser Ururgroßtante, von der ihre Oma manchmal erzählt hatte. Sie hatte als Dienstmädchen auf einem der Güter gearbeitet und war dann der Familienlegende nach in einem Kloster gestorben. Aber das war Ende des 19. Jahrhunderts gewesen.

Sollte sie denn jetzt ein ganzes Haus dort kaufen, nur weil sie mit Tobias davon geträumt hatte – und weil die alten Rosen in dessen Garten ihresgleichen suchten? Sie blickte noch einmal auf das Foto. Die wunderschönen alten Rosen.

Die Liebe zu Rosen begleitete sie nun schon so lange, seit ihrer Kindheit. Eigentlich hatte sie sie ihrer Oma Trude zu verdanken. Direkt nach dem Krieg hatte die einen Schrebergarten für die Familie organisiert und dort alles, was nötig war, angebaut. Rundherum um ihre Kartoffel-, Rotkohl- und Tomatenbeete und die kleine Rasenfläche hatte sie eine dichte Wildrosenhecke gepflanzt. Sandra hatte als Kind an Sommer- und Herbsttagen auf der Wiese getollt, während die Oma unermüdlich Kartoffeln ausgrub, Äpfel und Pflaumen erntete und einkochte in ihrer kleinen Küche mit den zwei Kochplatten im Schuppen. Sandra hatte gelernt, alle Früchte des Gartens zu schätzen, die Rosen ebenso wie die Hagebutten. Aus ihnen hatte die Oma Marmelade gekocht, die Rosenblütenblätter hatte sie gepresst und Rosenöl extrahiert. Rosenöl war Omas Allheilmittel gewesen: gegen schlechte Laune, gegen Rheuma, gegen entzündete Hautstellen. Bei Oma hatte es stets geholfen – ob aus Einbildung oder tatsächlich. Ein paar Fläschchen von Trudes Rosenöl hatte Sandra immer noch in der Speisekammer stehen, obwohl sie bestimmt nicht mehr verwendbar waren. Oma war schließlich schon zwanzig Jahre tot. Aber es war die Erinnerung, die zählte. Die Erinnerung an die schönen Tage in ihrem kleinen Garten. An die wohligen Gerüche, die aus dem Schuppen waberten. An den Glauben von der Allmacht der Rose. An Omas Liebe zu ihr, der Enkelin, und zu den Rosen. Eine Liebe, die sich auf Sandra übertragen hatte.

Sie hatte Tobias durch ganz Europa geschleppt, um die schönsten Rosengärten zu besuchen: den der berühmten Gartengestalterin Gertrude Jekyll in seinem typisch englischen Landhausstil, den rekonstruierten Park des legendären Schlosses Malmaison der Rosenkaiserin Joséphine bei Paris, die wunderschönen botanischen Anlagen auf den Inseln der oberitalienischen Seen. Traumhafte Refugien. Aber nirgendwo auf ihren Reisen hatten sie auf einem Privatgrundstück solch eine große Sammlung alter Rosenpflanzen gesehen wie in Bantekow, diesem Garten im Dornröschenschlaf. Es war ein echter Liebhabergarten, das hatte Sandra auf den ersten Blick erkannt, als sie vor exakt sechs Jahren das erste Mal vorbeispaziert waren.

Der Dornröschengarten musste wachgeküsst werden. Sandra nickte. Von ihr.

Wem er wohl einmal gehört hatte? Warum war das Gärtnerhaus so lange unbewohnt geblieben? Sie scrollte noch
einmal durch den Text der Immobilienfirma: Nein, über
die Geschichte des Gartens stand dort nichts. Nur dass das
Haus und das Grundstück im Auftrag des Bürgermeisters
von Bantekow meistbietend verkauft werden sollten. Leider hatte Sandra die Versteigerung gerade erst entdeckt –
ihre Anrufe in der Immobilienfirma und auch im Rathaus
hatten nur noch die Anrufbeantworter entgegengenommen. Fragen konnte ihr niemand mehr beantworten. Immerhin hatten sie ein Video mit eingestellt, auf dem das
Haus von innen zu sehen war. Sanierungsbedürftig, keine
Frage. Viel DDR-Standard, zum Teil zerborstene Dielen,
alte Wasserinstallationen. Aber baufällig schien es nicht zu
sein; das bestätigte auch ein Gutachten eines Statikers, das
eingescannt war.

Noch vier Stunden und acht Minuten.

Warum hatte sie diese Versteigerung nur nicht schon früher entdeckt? Sie war überhaupt keine Freundin der schnellen Entscheidung. Aber nun half alles nichts: Entweder sie
bot jetzt mit – oder sie ließ dieses Haus für immer ziehen.
Dieses Haus mit dem schönsten Rosengarten der Welt. Dieses verwunschene Haus in dem winzigen Ort Bantekow auf
der Sonneninsel Usedom, mitten in der Stille der Natur.

Sie schüttelte den Kopf. Am Ende der Welt. Na ja, zumindest am Ende von Deutschland.

Wollte sie da wirklich hin? Weg aus Hamburg? Von ihren
Freunden und dem Eppendorfer Stadtteilverein, der ihr eh-
renamtliches Suppenkellenschwingen jeden Mittag um
zwölf Uhr bei der Essensausgabe vermissen würde? Weg
von den Kindern – ach, nein. Sie musste sich erst an den Gedanken gewöhnen, dass die Kinder ja selbst weg waren. Tom

war schon vor drei Jahren zum Studieren fortgezogen, und Tine würde morgen gehen. Und dann war Sandra ganz auf sich gestellt. Wie seit Anfang ihres Studiums nicht mehr, als sie bei ihren Eltern ausgezogen war vor siebenundzwanzig Jahren. Was sollte sie nur anfangen mit ihrer Zeit und ihrem Elan, den sie durchaus noch spürte? Sie konnte sich doch jetzt nicht einrichten wie im Rentnerdasein. Schließlich war sie erst sechsundvierzig Jahre alt.

Aus der Küche drang köstlicher Geruch zu ihr. Der toskanische Rinderschmorbraten, den Tine sich für ihr Abschiedsessen gewünscht hatte, schien noch nicht angebrannt zu sein.

Trotzdem – was saß sie hier am Computer und vertrödelte ihre Zeit? Sie würde sich ja doch nicht trauen. Schon wanderte ihr Zeigefinger wieder Richtung Eingabetaste.

Oder doch?

Es klingelte an der Haustür. Sandra zog die Hand zurück, ließ die Seite der Immobilienfirma offen und ging zur Tür.

2

»Mama!« Tine umarmte sie fest und vergrub den braunen Schopf an ihrem Hals. Wie damals, wenn sie ihr beim Abholen aus dem Kindergarten in die Arme gerannt war mit dem Rucksack schief auf dem Rücken und den Spuren des Mittagessens auf dem Pulli. Sandra spürte, wie Tränen in ihr aufstiegen. Und den schnellen Herzschlag ihrer Tochter. War Tine etwa doch aufgeregt? Sandra schaute Tine in die Augen und drückte ihr einen Kuss auf die Stirn – bevor sie sie schnell weiter in den Flur schob und sich den anderen zuwandte; nicht, dass sie jetzt schon anfingen zu weinen.

Sie begrüßte Tines Freundinnen Sarah und Liane, die viele Jahre hier in der Familienwohnung ein und aus gegangen waren. Solange Tine noch Schülerin war und hier wohnte. Sandra dachte mit Schrecken an das leere Zimmer, zweite Tür rechts, Tines altes Kinderzimmer. In den vergangenen Wochen hatten sie es nach und nach ausgeräumt. Seit ein paar Tagen war es fast leer bis auf das weiße verschnörkelte Metallbett, das verwaist mit der Ikea-Blümchentagesdecke in der Ecke am Fenster stand; Tine hatte in letzter Zeit bei ihrem Freund Philipp in der WG gewohnt. Sandra war nicht die Einzige, der der Abschied schwerfiel.

»Rosen von uns allen, Mama!« Tine hängte ihren Dufflecoat an die Flurgarderobe und zeigte auf einen riesigen Strauß langstieliger gelber Teerosen, den Philipp in der Hand hielt. Sandra nahm ihn und strich über die prächtigen Blüten. Genau solche hatte sie über den Zaun hinweg in dem Garten in Bantekow ges... Schluss, schalt sie sich. Es war Tines Abend. Sie musste sich ihrer Tochter widmen, eine gute Gastgeberin sein, nicht traurig wirken, und sie musste sich um den – verdammt! »Der Braten!«

Mit dem Strauß im Arm rannte sie in die Küche und ließ Tine und die Gäste im Flur stehen.

Etwas weniger Sauce war es geworden als sonst, ein wenig verschrumpelt sah der Braten aus, als sie den Deckel des Bräters lüftete, aber der Duft von Rotwein, Knoblauch, sonnengetrockneten Tomaten, Oliven und sehr viel Rosmarin beruhigte sie. Er würde schmecken.

»Hmm!« Tine schaute mit in den Topf. »Das werde ich so vermissen.«

»Den Braten.« Sandra sah sie lächelnd an.

»Dich natürlich auch, Mama.« Tine umarmte sie.

»Da bin ich froh.« Sandra ließ die Arme hängen. Bloß nicht zu viel Körpernähe, bloß nicht anfangen zu heulen.

»Dich am allermeisten.«

Sandra machte sich los und drehte Tine den Rücken zu, um auf den Schrank zu zeigen. »Deckt ihr den Tisch? Ich mache die Vorspeise fertig.« Zum Glück hatte sie die schon vorbereitet im Kühlschrank, dachte sie. Mozzarella mit getrockneten Feigen und Chili.

»Wie schön, dass Sie Tine einen Abschiedsabend zu Hause bereiten«, sagte Philipp, umfasste Tines Hüfte und gab ihr einen Kuss. »Bevor es über den großen Teich geht.« Er schaute ihr in die Augen. »Dass du einfach so abhaust.« Er schüttelte den Kopf.

»Komm. Sechs Stunden Flugzeit – und du bist bei mir.« Sie befreite sich aus seiner Umarmung.

»Das Flugzeug fliegt auch andersherum.« Seine Stimme klang ein wenig schneidend.

Tine nahm die Teller aus dem Schrank und reichte sie Philipp. »Ich wage zu bezweifeln, dass ich am Anfang viel wegkann.«

»Wirst du etwa auch so ein Supernerd wie alle dort?« Er zog die Besteckschublade auf und klapperte mit Messern und Gabeln.

Tine faltete die Papierservietten mit Stars and Stripes, die Sandra besorgt hatte. »Diese Supernerds sind die zukünftigen Chefs der Welt.«

»Du auch? Ob du dann noch was von mir wissen willst? Vom Musikstudenten in Hamburg?«

Sandra hörte nicht weiter zu. Dass ihre Tochter einmal in Harvard studieren würde, hätte sie allerdings genauso wenig wie Philipp gedacht. Tine war immer gut in der Schule gewesen, hatte sich für vieles interessiert. Aber dass sie sich ausgerechnet für Sandras altes Fachgebiet interessieren und Botanikerin werden würde, war eine Überraschung gewesen. Und erst recht ihr Engagement bei dem Bewerbungsverfahren für Harvard. Am Ende hatte Tine die Zusage nicht zuletzt Professor Werner vom Botanischen Garten zu verdanken. In den vier Jahren, die sie dort als Schülerin mitgearbeitet hatte, war sie dem alten Professor ans Herz gewachsen. Er hatte ihr eine vorbehaltlose Empfehlung geschrieben, und sein Wort hatte Gewicht. Schließlich war er in den siebziger Jahren mit seinen Forschungsergebnissen zu den Bestäubungsmechanismen von Orchideen nur knapp am Nobelpreis für Biologie vorbeigeschrammt. Sie lächelte. Und was vielleicht auch zu der wohlwollenden Empfehlung beigetragen haben könnte, dachte sie, war seine Sympathie für Tines Mutter. Aus der hatte er nie einen Hehl gemacht. Genauso wenig wie aus der Tatsache, dass er maßlos enttäuscht gewesen war, als

Sandra bei der Geburt von Tom – nach ihrer Promotion summa cum laude und im zweiten Jahr als wissenschaftliche Mitarbeiterin an seinem Lehrstuhl – den Beruf an den Nagel gehängt hatte, um sich um die Familie zu kümmern. Umso mehr hatte er sich gefreut, als Tine bei ihm aufgetaucht war und sich als interessiert und begabt herausgestellt hatte. Wenn schon nicht die Mutter, konnte er nun wenigstens die Tochter auf die spannende Reise in die internationale Wissenschaft schicken.

»Schade, dass Professor Werner auf diesem Kongress in Stockholm ist und nicht kommen kann. Ich hätte ihm so gern noch einmal gedankt«, sagte Tine und stellte den letzten Teller auf den Tisch.

»Wir schicken ihm einen Gruß aufs Handy.« Sandra hantierte mit dem Mozzarella und verteilte das Olivenöl aus Siena über Käse und Feigen.

»Jetzt?« Tine zog ihr Telefon hervor.

»Komm her!« Mit dem Kochhandschuh umarmte Sandra ihre Tochter und lächelte Kopf an Kopf mit ihr in die Kameralinse des Handys, als Tine abdrückte. Sofort wandte sie sich wieder der Vorspeise zu, während Tine tippte. Noch ein wenig Balsamico, und Sandra bat alle, am langen Holztisch im Esszimmer Platz zu nehmen, und servierte.

Sie sah Tine lächeln, die Wangen wurden immer röter vom Rotwein und vom guten Essen. Hörte das Stimmengewirr und das Lachen. Und sie dachte an den Rosengarten. Sandra linste auf die Armbanduhr. Noch eine Stunde und zweiundfünfzig Minuten bis zum Versteigerungsende. »Bereit fürs Dessert?« Sie wartete keine Antwort ab, sondern sprang auf und lief in die Küche. Wenn sie jetzt gleich den Nachtisch äßen, danach vielleicht noch einen Limoncello als Digestif nähmen, den Ulrike ihr neulich von der Wellnessfarm in der Toskana mitgebracht hatte, auf der man sie um zehn Jahre jünger gespritzt hatte, dann könnten ihre Gäste in einer Stunde raus sein. Und sie hätte noch fünfzig Minuten, um zu überlegen, ob sie nicht doch …

Stopp, schalt sie sich. Dies war Tines Abschiedsfest. Ihre einzige Tochter ging für zwei Jahre in die USA. Und sie hatte nichts Besseres zu tun, als an Rosen zu denken?

Sie nahm das Rosen-Tiramisu aus dem Kühlschrank. Ob es sehr auffallen würde, wenn sie mal kurz ins Arbeitszimmer huschen und nach dem Auktionsstand schauen würde? Wie viele Gebote es jetzt waren? Nein, jetzt hatte sie den Nachtisch angekündigt. Sie stellte die Kristallteller auf das Tablett und betrat wieder das Esszimmer. Gleich würden alle noch Kaffee wollen, dachte sie und verfluchte ihre schrecklich langsame Jura-Maschine.

Als sie exakt eine Stunde und vierunddreißig Minuten später die Tür hinter den jungen Leuten geschlossen hatte und gen Arbeitszimmer lief, standen ihr die Tränen in den Augen. Ihre Tine war erwachsen. Und sie war fort.

Philipp würde sie morgen von der WG aus zum Flughafen fahren. Sandra würde nicht mitfahren. Sie hasste Abschiede am Flughafen und wollte Tine das Bild ihrer heulenden Mutter ersparen. Das war nicht die richtige Erinnerung an das alte Leben, wenn man voller Elan und Freude aufbrach, um herauszufinden, was die Welt für einen bereithielt.

Sie setzte sich auf den Schreibtischstuhl. Schon leuchteten ihr vom Bildschirm die Rosen entgegen. Noch sechzehn Minuten Bedenkzeit. Noch vierzehn, das Richtige zu entscheiden und ihren weiteren Lebensweg einzuschlagen.

Sandra zog die Schreibtischschublade auf und nahm ihren Glücksbringer heraus, ein Herz aus Rosenquarz, kaum größer als ihr Handteller. Sie schloss die Augen und drückte ihn.

Tine und Tom führten ihr eigenes Leben. Ihre Freundin Ulrike war ein Workaholic mit Singleproblemen und zeitaufwendigem Schönheitswahn. Die Suppenkelle konnte jemand anders schwingen. Auf ihrem Hamburger Balkon würden die Rosen nie richtig wachsen. Sie war jetzt sechsundvierzig Jahre alt. Ihr Mann war tot. Was sollte sie die nächsten vierzig Jahre tun?

Sie öffnete die Augen und starrte auf die bunten Blüten von Bantekow. Der Rosenquarz in ihrer Hand war warm geworden. Sie hatte das Gefühl, dass das Steinherz pulsierte. Doch es war nur ihr eigener Herzschlag, den sie da spürte – schnell, aber gleichmäßig. Irgendwie bestimmt und zielstrebig kam er ihr vor.

Was sollte sie also tun bis ans Ende ihres Lebens, das zur Hälfte schon gelebt war? Das Leben, das sie mit Tobias hatte verbringen wollen, der ihr vor zwei Jahren plötzlich genommen worden war. Sie starrte auf die Rosen, bis die Farben verschwammen.

Sie beugte sich vor. Das. Sie drückte die Eingabetaste.